うちのにゃんこは妖怪です

猫又とろくろっ首の恋

高橋由太

ポプラ文庫

もくじ

序　6
第一話　ろくろっ首　11
第二話　猫又　85
第三話　落ち武者　149
第四話　大奥の拝み屋　249

うちのにゃんこは妖怪です

猫又とろくろっ首の恋

序

考えようとすると、頭が痛んだ。

思い出そうとすると、胸が苦しくなる。

たくさんのことを忘れてしまった。少し前にあったことさえ思い出すのが難しくなっていた。

立っているだけで頭が割れるように痛み、景色が歪んで見える。自分が何者なのかも分からない。これまで生きてきた記憶のすべてを失いつつあった。

いくつかおぼえていることもあるが、それすら頭が痛むたびに失われていく。本当に、自分の身に起こったことなのか自信がなくなる。自分が誰だか分からなくなる……。

ふと気づくと、江戸城のそばの暗がりにうずくまっていた。昼間なら役人に咎められるところだが、真夜中すぎの今は誰もいない。また、役人がいたとしても、男を見つけられなかったかもしれない。男の姿は、闇と同化していた。

闇の底で呻くように呟く。

「古籠火《ころうか》……。土蜘蛛《つちぐも》……。狂骨《きょうこつ》……」

口にしたのは、妖《あやかし》たちの名前だった。それらをさがして、男は光明真言《こうみょうしんごん》を唱え始めた。

オン・アボキャ・ベイロシャノウ
マカボダラ・マニハンドマ
ジンバラ・ハラバリタヤ・ウン

その声は、ひどく掠れていた。微かに残っている記憶によれば、この光明真言を唱えることで妖たちを召喚できるはずだった。

たぶんだが、男を江戸城のそばまで連れて来たのは、古籠火や土蜘蛛、狂骨といった魑魅魍魎《ちみもうりょう》たちだった。

頭の痛みのせいで、はっきりとはおぼえていないけれど、妖たちに案内されてやって来た記憶があった。

「母をさがせ」

そう命じたこともおぼえていた。だが、何のために母をさがそうとしているのかは分からない。母の顔さえ思い浮かべることができなかった。

そして、なぜ自分が独りぼっちなのかも分からない。思い出すことができそうなときもあるけれど、今は何も分からなかった。

ここに自分を連れて来たのだから、妖たちはその答えを知っているだろう。妖を呼び出して、疑問を解きたかった。自分が誰なのか教えて欲しかった。

激しい頭痛に襲われながら、男は光明真言を唱えた。

オン・アボキャ・ベイロシャノウ
マカボダラ・マニハンドマ
ジンバラ・ハラバリタ……

その瞬間、ふと思い出した言葉があった。医者に言われた言葉だ。

人として生きていきたければ、おとなしくしているんだな。

術を使うのを控えろ。

だが、思い出したのが遅かった。何もかもが遅かった。頭のどこかで、プツンと音が鳴った気がした。何かが切れた音だ。

男は、妖が現れる前に力尽きた。目の前が真っ暗になり、深い暗闇に沈むように倒れた。

音は何も聞こえない。

その女の足音が聞こえてくるまで、深い暗闇の中にうずくまっていた。

どれくらい時間が経っただろう。その女は問いかけてきた。

「そなたの名を言ってみよ」

「名前――」

声が出た。しかし、自分の名前を思い出せない。必死に思い出そうとしたが、欠片《かけら》さえ浮かばない。

「ここに何をしに来た?」

その質問にも答えられなかった。分からないのだ。そもそも、ここがどこなのかも分からない。

教えて欲しかった。目の前にいる女なら、教えてくれるような気がした。自分のすべてを知っているように思えた。

女は、男の考えていることが分かるらしい。返事を待たずに言葉を重ねた。

「聞きたいか？　ならば、妾《わらわ》に従うがいい。そなたが何者か教えてやろうぞ」

男は頷いた。

頷くより他になかった。

第一話　ろくろっ首

桜の花びらが、すっかり散ってしまった。

いつの間にか春が通りすぎ、夏が近寄りつつあった。汗ばむような暖かな陽気が続いていたが、早乙女《さおとめ》みやびの顔は冴えなかった。深川《ふかがわ》の外れにある十万坪《じゅうまんつぼ》そばの廃神社でため息をついていた。

（どこに行ってしまったんだろう？）

考えることは、それればかりだ。みやびは、神名九一郎《かみなくいちろう》のことばかり考えていた。

彼がいなくなって、そろそろ一ヶ月が経とうとしていた。

九一郎のことを説明するのは難しい。どこからともなく廃神社に流れてきた浪人《ろうにん》だが、拝み屋を生業《なりわい》にしていた。

拝み屋は、江戸の町では珍しい職業ではない。陰陽師《おんみようじ》を名乗る者もいる。死者の魂を呼び寄せたり、疫病を遠ざける呪《まじな》いをしたり、失せ物までさがす何でも屋だ。

でも、本当に能力があるわけではない。みやびの知るかぎり、インチキしかいなかった。いわば、舌先三寸でお金を稼ぐ連中である。しかし、九一郎は本物の拝み屋だった。妖を召喚し、式神のように使う。悪妖怪を退治するのだった。

その九一郎が、何の前触れもなく姿を消した。廃神社からいなくなってしまった。

もちろん、みやびはさがした。思い当たる場所は、すべて行ってみた。いろいろな人に話も聞いた。

けれど、見つけることはできなかった。足取りどころか、手がかりをつかむことさえできていない。一人でさがすには江戸の町は広すぎるし、それ以前の問題として九一郎が江戸を出てしまった可能性もあった。

深川の御用聞きである秀次《ひでじ》にも相談したが、返事は芳しいものではなかった。

「気にかけておくが、期待しねえでくれよ」

素っ気なくされたわけではない。秀次が正直なだけだ。この時代、人がいなくなるのは珍しいことではなく、ましてや九一郎は浪人である。いなくなったことを気にしているのは、みやびくらいのものなのかもしれない。

九一郎を本格的にさがすとなれば届を出さなければならないが、役人に頼ったところで相手にされないだろう。そもそも、みやびは九一郎の女房でも家族でもなければ、恋人でもない。両親を誰かに殺され、それまで暮らしていた道場を焼け出された後、九一郎の寝泊まりする廃神社に転がり込んだにすぎない。届け出る資格があるかも疑わしかった。

また、秀次はこんなことも言った。

「神名九一郎ってのが、本当の名前かどうかも分からねえしな」

偽名を使っていたと思いたくはないが、その言葉を否定することはできなかった。嘘の名前で暮らしている人間はごまんといる。

「浪人ってのは確かなのかい？」

その質問にも答えられなかった。みやびは、九一郎のことを何も知らない。一緒にすごした思い出があるだけだ。

「思い出などというものは、当てにならぬのう。人間の記憶は都合のいいもので、〝なかったこと〟を〝あったこと〟のように思い込んだりするからな。もちろん、逆も然《しか》りだ」

偉そうに言ったのは、自称・仙猫《せんびょう》のニャンコ丸であった。九一郎がいなくなっても、みやびは独りぼっちにはならなかった。廃神社には、人間ではないものたちが棲み着いている。それらは、みやびに言った。

「そのうち帰ってくるのではないかのう」

「おいらもそう思う」

「カァー」

ニャンコ丸に続いて、傘差し狸《だぬき》のぽん太、妖烏《あやかしからす》のチビ烏が口を開いた。

みやびを慰めているのではなく、心の底から心配していないようだった。不思議な力を持っているというのに、さがしに行く気配も見せなかった。九一郎をさがすみやびの手伝いもしない。

「九一郎をさがしに行くほど暇ではないのでな」

誰がどこから見ても暇そうなニャンコ丸は言うのだ。

「おいらも忙しいからね」

「カァー」

ぽん太とチビ烏までが言ったのだった。

九一郎に散々世話になったのに薄情な連中だ。腹立たしい。文句を言ってやろうと口を開きかけたが、ニャンコ丸に遮られた。

「他人のことを心配している余裕はなかろう」

くそ真面目な顔で言ったのである。まんじゅうが潰れたような顔と体型をしているくせに、説教くさい口振りだった。

「他人のことって――」

言い返そうとしたが、ニャンコ丸は聞く耳を持たない。みやびに向かって、諭すように話し始めた。

「この家には金がないのだぞ。分かっておるのか？　ちゃんと稼がねば餓え死にしてしまうのう」

「そ……それは……」

痛いところを突かれた。お金がないのは事実だった。みやびの手元には、一銭もなかった。あるはずがない。焼け出されて無一文で転がり込んだのだから。

稼がなければ生きていけない。住む場所――廃神社はあるが、食事をすることができなくなってしまう。そして、お金が必要な理由は他にもあった。

「九一郎を本気でさがすのなら、それなりに金もかかるだろう」

ニャンコ丸の言葉は、正論だった。深川にかぎったとしても、一人ではさがし切れない。人を雇う必要があった。

だけど、どうやって稼げばいいのか分からなかった。みやびは十七歳になったが、手に職はない。親の手伝いを別にすれば、働いたこともなかった。こんな自分を雇ってくれる店があるとは思えない。

「安心するがよい」

ニャンコ丸が言った。さっき、お金がないと脅したくせに、まったく反対のことを口にした。

「お金がないんだから、安心できないでしょ？」

「それはそうだが、おぬしには期待しておらぬ」

にべもなく言ったのだった。ひどい言われようであった。まあ、期待されても困るのだが。

そんなみやびに向かって、ニャンコ丸が恩着せがましく言ってきた。

「わしが金を稼いでやろう」

「あんたがお金を稼ぐ？　ど、どうやって？」

みやびは聞き返した。思い浮かんだのは見世物《みせもの》小屋で働くことだが、そうではなかった。

「九一郎のやっていた拝み屋の仕事があるのう。この猫大人《マオ・ターレン》さまに任せるがいい」

「おいらも手伝うよ」

「カァー」

ぽん太とチビ烏が即座に同意した。みやびの知らないうちに、話がまとまっているようであった。

廃神社の前に立てかけてある看板には、そんな文句が書かれている。九一郎の商売だ。

ちなみに、みやびの親がやっていた「早乙女無刀流」の看板もあるが、こちらは機能していない。剣術道場の娘に生まれはしたが、みやびには心得がなかった。心得があったとしても、女に剣術を習おうとする者は滅多にいないだろう。

「だから拝み屋なのだ」

ニャンコ丸は主張する。だからの意味が分からないが、説明するでもなく、断定した。

「九一郎の仕事を引き継げばよいのう」

こんな町はずれであるにもかかわらず、それなりに依頼はあった。いくつかの事件を解決しているので、名前も売れ始めている。

だが、やっぱり無理がある。拝み屋は、九一郎の存在があってのものだ。九一郎抜きで拝み屋ができるとは思えなかった。それでも念のため聞いてみた。

「わたしに拝み屋をやれって言うの？」

「みやびに期待する者は、この世に一人もおらぬのう」

打てば響くように悪口が返ってきた。こいつは息を吸うように、みやびの悪口を言う。腹立たしいが、すでに慣れている。相手にしても面倒なだけなので、悪口の部分を聞き流して話を進めることにした。

「でも、仕事を引き継ぐって言ったじゃないの」

「みやびに引き継げとは言っておらぬ。わしが引き継ぐのだ」

ニャンコ丸は胸を張った。そっくりかえった偉そうな格好で、自分の主張を言い募る。

「猫大人さまにかかれば、妖ごとき物の数ではないのう」

「うん。瞬殺だね」

「カァー」

ぽん太とチビ烏が、大きく頷いた。自分たちが妖であることを忘れているような口振りである。

妖に悩まされた人間が、妖に相談するのか？　何かが間違っている気がするけれど、ニャンコ丸たちはその気になっていた。

「二代目拝み屋だのう」

「きっと客がたくさん来るね」

「カァー」

その自信がどこから来るのか、みやびには分からない。上手くいくとは思えないけれど、他にお金を稼ぐ方法も思い浮かばなかった。

「どうしてもと言うなら、みやびにも手伝わせてやろう」

「うん。仲間外れはかわいそうだからね」

「カァー」

何やら気を遣われた。

ニャンコ丸とぽん太、チビ鳥のさんにんを見世物小屋に売ったほうが手っ取り早い気もするが、それは最後の手段に取っておくとしよう。

「とりあえず、やってみるか」

こうして九一郎が帰ってくるまで、拝み屋の仕事を引き受けることになったのであった。

†

海辺大工町《うみべだいくちょう》や材木町《ざいもくちょう》などの土地の名前が表しているように、深川には職人が多く住んでいて、

「職人の町」

と、呼ばれていた。大店《おおだな》がないこともあり、商人よりも職人を目指す子どもたちが多い。稼ぎのいい職人は、町人たちの憧れの的だった。

そんなふうに江戸中から引っ張りだこの腕のいい者もいれば、箸にも棒にもかからない者もいた。

木場《きば》そばの冬木町《ふゆきちょう》に住む左平次《さへいじ》は、腕のいい職人の一人――左官《さかん》だ。食いはぐれることのない仕事に就き、稼ぎも多かったが、幸せな人生は歩めていなかった。不幸せは、人生のいろいろな場所に隠れている。幸せのすぐ隣に、不幸せは潜んでいることがあった。

左平次は、二十のときに幼なじみと所帯を持った。子宝にも恵まれて、娘のおてるが生まれた。

だが、順調なのはそこまでだった。産後の肥立ちが悪く、女房に先立たれた。おてるを産んだ後、大仕事を終えたように死んでしまったのだった。

お産は、命がけの仕事だ。実際に命を落とす女も多い。珍しいことではないのは事実だったが、当事者には何の慰めにもならない。

「嘘だろ？」

左平次は、女房の亡骸に問いかけた。目の前で起こったことが信じられなかったのだ。葬式が終わった後も、しばらく、ぼんやりしていた。

こうして、娘と二人だけの生活が始まった。近所のおかみさんたちに助けられて、左平次はおてるを育てた。子どもを育てるのは大変だったけれども、日々成長していく娘の姿が生活の糧になっていた。

死者は年を取らないが、生きている者はそのままではいられない。左平次は二十四、おてるは四つになった。

「早かったな」

女房の月命日のたびに、左平次は同じ言葉を呟いた。この四年間、ずっと独り身のままだった。浮いた話さえなかった。

左平次は腕のいい職人で稼ぎはあるし、性格も悪くない。男ぶりも中々のものだった。周囲の人間は放っておかず縁談を持ち込んだが、返事はいつも同じだった。

「おてると二人で生きていきますから」

と、縁談を断り続けていた。左平次は、幼なじみでもあった死んだ女房を忘れられずにいた。

左平次を使っている左官屋の親方の弥蔵《やぞう》も、縁談を持ち込む者の一人だった。いつになっても再婚しようとしない左平次に呆れるやら感心するやらで、ため息をついた。

「一本気な野郎だぜ」

「すいやせん」

左平次は頭を下げたが、やっぱり縁談を受けようとはしなかった。女と付き合う気さえないように見えた。

弥蔵は、腕がよく真面目な左平次を高く買っていた。最近では、自分に代わって現場を切り回す役目を任せることも増えていた。弥蔵には息子がおらず、いずれは左平次を自分の跡目に立てるつもりでいた。

「どうしたもんかねえ……」

首をひねりながらも、無理やり所帯を持たせるわけにもいかず、結局、そのままになっていた。

そんなとき、意外なことが起こった。朴念仁《ぼくねんじん》の左平次が、女を好きになったのだ。しかも相手は、料理屋の女中だ。弥蔵が贔屓《ひいき》にしている店の奉公人だった。

色を売り物にする店もあるが、そこはまっとうな商売をしている。売るのは料理と酒だけだ。左平次は、その店の女中に惚れたのだった。

なぜ、そんなことを知っているかと言えば、本人に聞いたからだ。好きな女ができても、自分で口説くことはしなかった。律儀者の左平次らしく、弥蔵に仲介――いや、仲人を頼んできた。

「所帯を持ちてえと思いやして」

その女とろくに話したこともないくせに、早くも思い詰めている。男女の付き合いを飛び越して夫婦《めおと》になるつもりでいるのだ。

「おめえってやつは、極端すぎるぜ」

目を白黒させながらも、弥蔵は人がいい。左平次が再婚する気になったことをよろこんだ。自分が贔屓にしている店だけあって、相手の女中を知っていたということもある。

左平次が見初めたのは、おしゅんという名前の二十そこそこの娘だ。派手な容貌ではないが、やさしげな顔立ちをしており、立ち居振る舞いもしっかりしていた。改めて見ると、左平次とお似合いに思える。

弥蔵は念を押すように聞いた。

「おしゅんに惚れたってわけだな？」

「へえ」

照れもせず左平次は頷いた。ここまで真面目だと、からかう気も起きない。

「おれに任せておきな」

そう請け合ったのは、いつまでも独り身でいるべきではないと思ったからだ。左平次はいいとしても、娘のおてるが可哀想だ。

「子どもには、母親がいたほうがいい」

弥蔵は、固く信じていた。

「あっしもそう思います」

今まで縁談を断り続けたくせに、左平次は手のひらを返した。恋をすると、人は身勝手になるものだ。

†

弥蔵はその日のうちに料理屋に行き、顔見知りであるおかみに相談した。短気が売りの江戸の職人らしく、弥蔵は腹芸が苦手だ。単刀直入に何もかも話し、ざっくばらんに聞いた。

「おしゅんさんは、左平次の女房になる気はねえかねえ」

おかみも話が早い性質《たち》だった。その場で、おしゅんに聞きにいった。返事は芳しいものではなかった。

「とんでもないって驚いていますよ」

「駄目かい」

弥蔵はがっかりしたが、おかみの意見は違っていた。

「諦めちゃ駄目ですよ。あの子は、遠慮しているだけですよ。いくら何でも突然すぎますし。親方から直接話してやってくださいな」

おしゅんの様子を見て思うところがあったらしい。弥蔵の返事を待たず、改めておしゅんを呼んできた。弥蔵は半信半疑で頼んでみた。

「一遍《いっぺん》でいいから、左平次の野郎と一緒に飯を食ってやってくれねえか。嫌かもしれねえが、この通りだ」

「嫌だなんて……。わたしなんかでよかったら」

と、おしゅんは首を縦に振ったのだった。困っているようにも、照れているようにも見えた。おかみの言ったことは本当らしかった。

（こいつは脈があるぜ）

男女の機微《きび》に疎い弥蔵でさえ思った。少なくとも、左平次に悪い印象は持っていないようだ。食事には、弥蔵も顔を出すことになった。女心の分からぬ左平次に任せておけないという気持ちもあった。

その日、左平次は娘のおてるを連れて来た。ろくに話もせずに、いきなりおしゅんに言ったのだった。

「こいつの母親になってくれませんか」

左平次にしてみれば一世一代の告白だったが、おしゅんは男を見ていなかった。清水《きよみず》の舞台から飛び降りるつもりで言ったであろう言葉も聞き流されていた。無視したわけではない。もう一人の小さな参加者に気を取られていたのだ。

「おてるちゃんね。こんにちは。いくつになるの？」

父親の背中に隠れるようにしている娘に話しかけたのだった。

「四つ」

おてるは返事をし、はにかみながら指を四本立てて見せた。

「そうなんだ。もう、お姉ちゃんね」

「うん！」

頷いた声は、弾んでいた。父親の背中から離れ、おしゅんの顔を見ている。

そんなふうにおてるの相手をするおしゅんの顔はやさしかった。すでに母親の顔になっていた。

「あっしの話も聞いちゃくれませんかねえ」

左平次がこぼすように言うと、おしゅんは照れくさそうに笑い、それから小さな声で言った。

「ちゃんと聞いていますよ」

「へ？」

左平次が驚いた顔をした。結婚の申し込みは届いていたようだ。その顔をまっすぐに見ながら、おしゅんが「それに」と言葉を付け加えた。

「聞かなくても、どんな人か知っていますから」

「知っているんですかい？」

「はい。だから、ここに来たんですよ」

「そ……そいつは、どうも」

左平次がしどろもどろに礼を言った。その垢抜《あかぬ》けない返事を聞いて、弥蔵は大きなため息をついた。

「何だ、その返事は？　だらしねえなあ。おめえは、本当に仕事だけだな。さっさと一緒になって、おしゅんさんに尻に敷いてもらえ」

「へい」

左平次は、真面目な顔で返事をしたのだった。おしゅんは真っ赤な顔になったが、嫌がってはいなかった。

「心配して来てみりゃあ、いい面の皮だぜ。ただの邪魔者じゃねえか。次からは、おれは来ねえからな」

弥蔵がこぼすと、左平次とおしゅんが笑った。おてるだけがきょとんとしていたが、やがて釣られたように笑い出した。

こうして何度かの顔合わせや食事を経て、左平次とおしゅんは夫婦になった。おてるを交えた三人は、深川でも評判の仲のいい家族になったのだった。

†

九一郎がいなくなってから、みやびの眠りは浅くなった。帰ってこないような気がして――もう二度と会えないのではないか、と不安で眠れなくなってしまったのだ。

「見かけによらず神経が細いのう」

と、ニャンコ丸に呆れられた。みやびが返事をせずにいると、こんなことを言い出した。

「心配しなくてもいいのう。おぬしには、猫大人さまがついておる。安心するがよいぞ」

励ましているつもりだろうか。真面目な顔をしていた。まあ、誰に何を言われようと、眠れない日々は続くだろうが。

この夜もそうだった。ニャンコ丸やぽん太、チビ鳥が高いびきで眠る中、みやびは一睡もできずにいた。

草木も眠る丑三《うしみ》つ時（午前二時）になっても眠ることができず、布団に横たわったまま九一郎のことを考えていた。

どこに行ってしまったんだろう？

どうして帰ってこないんだろう？

問うように考えたけれど、どんなに頭をひねっても姿を消した理由が分からなかった。妖熱《あやかしねつ》のせいで体調が悪かったのに、いなくなってしまった。九一郎を診察した娘医者のイネが言うには、頭が割れるような痛みに悩まされているはずだ。

「無理に動けば気を失う。そのまま死んでしまうこともないとは言えぬぞ。命が惜しくば寝ていることだな。じっとしておれ」

と、釘を刺していた。だが、九一郎はその言いつけを守らなかった。

（どこかで倒れてるんじゃあ……）

そうも思ったが、それらしき話はなかった。あんな目立つ男が行き倒れになったなら、少なくとも秀次の耳には入るだろう。

（事件に巻き込まれたとか……）

可能性はあるだろうが、ピンと来なかった。九一郎は凄腕の拝み屋だ。術も使えるし、妖も使役できる。連絡さえ取れなくなるような事態に陥るとは考えにくい。

結局、答えは出なかった。

「大丈夫。きっと帰ってくる」

九一郎がいなくなってから何度も思ったことを、ふたたび自分に言い聞かせるように呟いた。

そして、少しでも眠ろうと、無理やりに瞼《まぶた》を閉じたときだ。廃神社の外から、若い女の声が聞こえてきた。

「ごめんください……。ごめんください……」

消え入りそうな小さな声なのに、みやびの耳にはっきりと届いた。不思議なくらい、ちゃんと聞こえた。客のような気がする。

（こんな時間に）

と、思わなかったのは、妖がらみの事件に巻き込まれ慣れていたからだろう。人間ではないものたちは、真夜中に事件を起こすことが多い。

声に気づいたのは、みやびだけのようだった。ニャンコ丸たちは寝ている。自分一人で対応できるかは分からないが、こんな夜更けに拝み屋を頼って来たらしき若い女を無視できない。ここは深川の外れで、治安だっていいとは言えないのだから。

「とりあえず会ってみよう」

どうせ眠れそうにないのだ。みやびは起き上がり、廃神社の外に出た。

†

江戸田舎と揶揄《やゆ》される深川の夜は、静かで暗い。月は出ていたが、もうすぐ新月だからなのか、その光は朧《おぼろ》だった。

しかも廃神社のある十万坪付近には民家がなく、ひとけがなかった。特に今夜は虫の音もなく、梟《ふくろう》の鳴く声さえ聞こえない。何もかもが寝静まっているようだ。幽霊が出そうな夜だった。

そんな夜道を、みやびはおしゅんに導かれるように歩いていた。廃神社を訪れたのは、左官・左平次の女房だった。

親しくしているわけではないが、同じ町内のことで、会えば挨拶くらいは交わす間柄だ。左平次のことも、おしゅんのことも、その娘のおてるのことも知っていた。さらに、その三人が仲よく暮らしていることも知っている。平凡だけど幸せそうで、言ってみれば妖と縁のなさそうな一家だ。

「嫁入り前の娘が、拝み屋稼業なんて……。気をつけておくんなせえよ」

と、左平次に言われたこともあった。腕のいい職人であるらしいが、真面目で融通の利かない男という印象を持っていた。

その女房のおしゅんが、草木も眠る丑三つ時に廃神社を訪ねてきて、挨拶もそこそこに言ったのだった。

「一緒に来てくださりませんか」

丁寧だが、どこか有無を言わせない口振りだった。そして、みやびの返事を待たずに、さっさと歩き始めた。

失礼というよりは、切羽詰まっているようだった。知っている人間だということもあり、一緒に行ってみることにした。

「待ってください」

みやびは、追いかけた。おしゅんは、何もしゃべらずに歩いていく。もともと大人しい性格をしているが、ここまで無口ではなかったような気がする。話しかけようにも、そのきっかけさえなかった。

静かな夜だったからだろう。しばらく歩いたところで、みやびはようやくそれに気づいた。

（足音が聞こえない）

耳に届くのは、自分の足音だけなのだ。すぐ目の前を歩いている、おしゅんの足音はなかった。暗くてよく分からないが、地べたに足跡も付いていないように見える。

人間である以上、音を立てずに歩くことはできない。仮に聞こえないだけだとしても、深川はもともと湿地だ。このあたりの地べたは常に湿っており、足跡を付けずに歩くのは難しい。

（まさか、幽霊……？　それとも、妖？　まさか、狸か狐？）

狐狸獺《こりかわうそ》の類いに化かされていると思ったのだ。みやびは鋭いほうではないけれど、妖と付き合っていれば勘も働くようになる。女幽霊だという可能性もあった。ただ気づいたところで、みやびにできることは何もない。相手に悪意があるならば、取って食われるだけだ。逃げたところで、あっという間に捕まってしまうだろう。

（失敗したかも……）

今ごろになって、一人で来たことを後悔した。せめて、ニャンコ丸でも連れてくればよかった。役に立たない駄猫だが、いないよりはましだ。人間の言葉を話すので、相手を驚かすことくらいはできる。

（おしゅんさんが幽霊だったら、ニャンコ丸ごときじゃあ驚かないか。本当に使え

ないわね）

声に出さず文句を言っていると、ふいに、おしゅんが立ち止まった。ますます、おかしい。ここは、まだ十万坪だ。周囲には何もない。立ち止まるような場所ではなかった。

寒々しいばかりの荒れ地の真ん中で、足音のない女はみやびに向き直った。やっぱり、狙われているような気がする。ここで襲われたなら、大声を上げても誰にも届かないだろう。そもそも、人間を食うような妖が相手では、助けを呼んでも犠牲者が増えるだけである。

どうすることもできずに立ち尽くしていると、おしゅんが口を開き、意外なことを言い出した。

「拝み屋さんにお願いがあります」

丁寧な口振りだった。襲われるのではなかったようだ。

（考えすぎか）

みやびは、そっと息を吐いた。幽霊でも妖でもなかったみたいだ。胸を撫で下ろしていると、おしゅんが続けた。

「江戸の町から離れる手伝いをして欲しいんです」

それを頼むために、拝み屋に会いに来たようだ。ちなみに、十万坪の荒れ地まで連れて来られた理由は、まだ分からない。

†

「逃がし屋」

と、呼ばれる商売がある。表立って看板を出してはいないが、どの町にも存在していた。その名の通り、借金で首が回らなくなった者や、罪を犯して土地にいられなくなった者を密かに逃がす仕事だ。

おしゅんが頼んできたのは、まさにそれだった。夫や娘に見つからないように、江戸を離れたいと言った。

「今の家から出ていくんですか？」

みやびは問い返した。他に受け取りようがないが、おしゅんの依頼が意外だったからだ。借金があるようにも、役人に追われる罪を犯したようにも見えない。ましてや左平次やおてるを嫌いになったようには見えなかった。

「はい。わたし一人で遠くに行きたいんです」

おしゅんは、はっきりと答えた。今の家族三人の幸せな暮らしを捨てて、江戸を離れようとしていた。

「どうか力を貸してください」

と頭を下げられたが、みやびは逃がし屋ではない。九一郎の仕事を引き継いだとしても、「よろずあやかしごと相談つかまつり候」である。妖怪がらみの事件を手がけたことはあったが、夜逃げの手伝いをしたことはない。

頼む先を間違っている。だいたい、みやび自身は江戸から離れた記憶がなく、他国（他県）へ旅に出る方法さえ知らなかった。また逃がし屋は、他国で暮らすための伝手《つて》も紹介するが、みやびにはそんな知り合いはいない。力を貸してくださいと言われても、何もできなかった。

（誰かと勘違いしているんだ）

そう結論に達し、

「申し訳ありませんが――」

と、おしゅんに断ろうとしたときだ。あれ《あい》らの声が、はるか頭上から聞こえてきた。

「みやび、そこを退けっ！」

「危ないよっ！」

「カ……カァー……」

ニャンコ丸たちが、上空にいたのであった。ニャンコ丸とぽん太は元気だが、チビ鳥は死にそうな声を出している。その理由はすぐに分かった。一同は、ゆっくりとした速度で落下してきていた。

我が家の妖たちが、みやびの頭を目がけて落ちてこようとしていたのであった。

†

チビ鳥は空を飛べる。鳥は夜になると飛ばないものだが、妖であるチビ鳥には当てはまらない。

「妖は、夜こそ本領を発揮するのだ！」

「うん！　間違いなく夜のほうが速く飛べるね！」

いつだったか、ニャンコ丸とぽん太は言っていた。ちなみに、妖の類いであるこいつらは、夜は夜で熟睡していた。チビ鳥も、夜になると眠そうな顔をしている。それでも飛べることは間違いないらしく、ときどき廃神社の上空を飛び回っていた。

そんな妖さんにん組が、空から現れた理由は想像できる。夜中にふと目を覚まし、みやびがいないことに気づいたのだろう。

「みやびが買い食いに行ったぞ」

「おいらたちに内緒で行くなんて、食べ物を独り占めするつもりだね」

「カァー」

絶対に、そんなふうに決めつけたはずだ。この連中は食い意地が張っていて、すぐに買い食いと結び付ける。

こんな時間のこんな場所でやっているかは別として、江戸の町には、「風鈴蕎麦《ふうりんそば》」と呼ばれる食い物屋がある。卵焼きや蒲鉾《かまぼこ》などの載った蕎麦を屋台で売っているところを、何度か見かけたことがあった。ニャンコ丸たちは、それを狙っているのだろう。

「早く追わぬと、みやびが蕎麦を全部食べてしまうぞ！」

「油断も隙もないね！」

「……カァー」

チビ烏の元気がなくなったのは、これから起こることを予想したからだった。人間でも妖でも、嫌な予感というものは当たるものだ。

「飛べ！　飛ぶのだ！」

「きっと速く飛べるよ！」

と、チビ鳥の足に紐を付けて、ニャンコ丸とぽん太はそれにつかまり、飛んで来たのだろう。無茶ぶりをしている姿が思い浮かんだ。

ただの鳥ではないとはいえ、ニャンコ丸とぽん太は重い。どうにか十万坪まで飛んで来たものの、チビ鳥が力尽きてしまったようだ。フラフラと落ちてくる。そして、うちの妖たちはうるさい。

「やっぱり退くなっ！　みやび、わしを助けよっ！」

「おいらのことだけでも助けてっ！」

冗談は顔だけにして欲しい。空から落ちてくる太った猫と狸を受け止めろというのか？

こっちのほうが潰れてしまう。さっさと逃げたかったけれど、暗い上にチビ鳥はフラフラしている。

どこに落ちてくるのか分からなかった。何となくだが、みやびの上に落ちようとしているような気もする。

「みやび、じっとしておれ」

「動かないでね」

「カァー……」

妖たちが、そう訴えた。何の罪もないみやびの上に落ちて、衝撃を和らげようというつもりだ。

ますます冗談じゃない。大怪我で助かればいいほうで、打ちどころが悪かったら死んでしまう。

慌てて木の陰に身を隠そうとしたとき、おしゅんが夜空を見上げながら言った。

「……危ないわ」

呟くような声だったが、ニャンコ丸たちには聞こえたようだ。

「助けてくれっ！」

「おいらを助けて！」

「カ……ァ……」

おしゅんに訴え始めた。普通の人間には妖の声は聞こえない。それなのに、おしゅんは返事をした。

「助ければいいのね。分かったわ」

なんと、妖の言葉を解していた。

「まさか――」

みやびは目を見開いたが、果たして、そのまさかであった。いきなり、おしゅんの首が伸びたのだった。

「――っ!?」

声も出ないほど驚いた。腰を抜かしそうになるみやびを尻目に、女の首が伸びていく。言葉の綾ではなく、本当に伸びたのだ。

しかも、それは止まらない。にょきにょき、にょきにょきと天に向かって伸び続けていく。どんどん長くなっていった。

「わしを助けろ!」

「おいらだけでいいから助けて!」

「いや、ぽん太よりもわしを助けるのだ!」

「カァー!」

上空で大騒ぎしている。ニャンコ丸とぽん太が紐に絡まりながら、お互いを蹴り合い、自分だけ助かろうと醜い争いを繰り広げている。助け合おうという気持ちはないようだ。

放っておけばいいのに、おしゅんが声をかけた。

「今、助けるわ」

その間も、首は伸び続けている。やがて二階家の屋根の高さくらいまで伸びただろうか。長い首で輪を作るように、ぐるりと円を描いた。そして蛇が獲物を締め上げるように、ニャンコ丸たちを捕まえたのだった。

「これで大丈夫よ」

おしゅんは首を縮めると、さんにんを地べたに降ろした。

情けないこえで「助けてくれ」と叫んでいたニャンコ丸が、助かったと知るや急に決め顔になって言った。

「おぬし、ろくろっ首だな」

見ていれば分かることだった。

†

ろくろっ首は、「抜け首」、「飛頭蛮《ひとうばん》」とも呼ばれる。身体が頭から完全に分離するものと、おしゅんのように首が伸びるものがあるという。

妖の仲間として紹介されることもあるが、首の伸びる病という説もあり、正体ははっきりしていない。ただ、下総国《しもうさのくに》に多く存在すると言われていた。その伝説を裏書きするかのように、おしゅんも下総国の生まれだった。

「生まれ故郷にいたころのことは、何もおぼえちゃいませんけどね。ずっと昔のことですから」

伸びた首をもとに戻して、女はそんなふうに言った。ろくろっ首だと認めたのだった。

このとき、みやびとニャンコ丸、ぽん太、チビ烏は、荒れ果てた十万坪の真ん中で話を聞いていた。いったん廃神社に戻ろうとしたが、おしゅんが話を始めてしまったのだ。

「物心ついたときには、もう首が伸びたんですよ」

「生まれつきのろくろっ首ということか？」

ニャンコ丸が聞くと、おしゅんは肩を竦めた。

「詳しいことは分かりませんが、そうなんじゃないですかねえ。おっかさんもろくろっ首でしたから」

「ほう。ろくろっ首の一族か。父親もそうなのか？」

「いいえ。おとっつぁんは普通の人間だったみたいです」

「人間とろくろっ首が夫婦になったのか？」

「おっかさんは、ろくろっ首だってことを隠して暮らしていました」

「なるほどのう。隠すのは難しくなかろう。首が伸びなければ、普通の人間と見分けがつかぬからな」

ニャンコ丸がしたり顔で言った。知ったかぶりをしているのか、本当に知っているのかは不明である。

「ええ。ろくろっ首は、そういうものらしいですね」

おしゅんが、他人事のように頷いた。自分自身のことなのに、よく分かっていないようだ。その口振りのまま話し続ける。

「わたしも、ろくろっ首だということを隠していますから」

完璧に隠している。みやびも知らなかった。町ですれ違うたびに挨拶しておきながら、まるで気がつかなかった。

「おぬしの気づかぬことは、他にもたくさんあるのう」

ニャンコ丸が何やら言い出したが、みやびが聞き返す前に、おしゅんが話を先に進めた。

「首が伸びるのは、真夜中だけなんです。昼間や宵《よい》の口《くち》は、伸ばそうと思っても伸びないんですよ」

　真夜中の丑三つ時になると、ちょっとした拍子に首が伸びるというのだ。勝手に伸びるわけではないが、身体の一部のことで、例えば「右手をずっと動かすな」と言われても無理なように、ついつい首を伸ばしてしまうことがあるとも言った。

「夜中に地震や火事があると、危ないですねえ。驚いた拍子に伸びちゃうことがありますから」

　分かるような分からないような話だ。猫の毛が逆立つようなものだろうか。

「よくバレずに暮らしてきたのう」

「運がよかったんでしょうねえ。それに、たいていの人間は丑三つ時には寝ていますからね」

「そんなものかのう」

「ええ。そんなものなんですよ。一緒に暮らしていたって気づかないくらいですからね。実際、たくさんいますすよ」

「たくさん？」

「人間として暮らしている妖は、わたしだけではありませんから」

　彼女の他にも、この町にろくろっ首がいるということだろうか？　そこには触れず、おしゅんは続けた。

「うちのおっかさんもそうでした」

昔のことを話し始めたのだった。おしゅんの母親は、ろくろっ首であることを隠して嫁いだ。夫は下総国の漁師で、朝早く海に出る。丑三つ時には熟睡していたので、ろくろっ首である正体を隠して暮らすことができた。

しかし子どもが生まれると、そうはいかない。夜泣きもするし、厠《かわや》にも連れていかなければならない。

「赤ん坊の面倒を見るのは、母親の役目ですから」

そんなふうに言って一人で対応しようとしたけれど、ろくろっ首といえども眠らなければ生きていけない。疲れていることもあれば、身体の調子が悪いときもある。夫が起きているのに、うっかり眠ってしまうことがあった。

ある日、幼いおしゅんは、厠に行きたくなった。長屋暮らしだったので、厠は外にある。母は眠っており、ひとりで行くには幼すぎた。もじもじしていると、父親が気づいたようだった。

「どうした?」

「お……おしっこ」

「おお、そうか」

と父は笑い、「おとっつぁんが連れていってやろう」と立ち上がった。一緒に長屋の外に出たのだった。

そのとき、地べたが小さく揺れた。地震だった。おしゅんは地震が苦手で、思わず首を伸ばしてしまった。大人の背丈ほど、五尺（およそ百五十センチ）も伸びただろうか。

それを見て父は驚き、大声を上げた。

「ぎゃぁぁ――っ！」

と、村中に響くような悲鳴であった。地震があったということもあったのかもしれない。近所の人々が起き出してきた。そして、首を伸ばしている幼子《おさなご》を見てしまった。

「化け物だって騒ぎになりましてね」

大人になったおしゅんは、そんなふうに語った。騒ぎを聞きつけて起きてきた母の首も、伸びていたというのだ。

父は、ふたたび腰を抜かした。子どもまで作った恋女房が化け物だったのだから、そうなるのも当然だろう。

その夜のうちに、母娘は家から追い出された。だけど、おしゅんは父親を恨まなかった。

「女房と娘がろくろっ首だなんて、放っておいたら村八分にされますからね。漁師もできなくなるでしょうし」

みやびは言い返すことはできなかった。妖にかぎらず、異分子は共同体から弾き出されるものだ。特に田舎では、その傾向が強いような気がする。

「追い出したって言っちゃいましたが、そんな威勢のいいものじゃなかったですよ。おとっつぁんときたら、腰を抜かしたまま『出て行っておくれ』って、わたしとおっかさんを拝んだんです」

「でも――」

結局、妻子を見限ったのだ。妖と一緒に暮らしているみやびは納得できないが、おしゅんは首を横に振った。

「他に方法がなかったんですよ」

年老いた祖父母が一緒に暮らしていたという。父の両親だ。病気がちで、一日のほとんどを寝てすごしている。これを見捨てて他の村に行くこともできない。

「わたしとおっかさんがいなくなるしかなかったんです」

おしゅんは自分に言い聞かせるように言ったが、その声は暗く沈んでいた。

「苦労したな」

労わるニャンコ丸の声はやさしかった。ふざけてばかりいるくせに、ときどき、こんな声を出す。

「ええ。でも、わたしよりも、おっかさんが苦労しました」

この言葉は、事実だろう。女手一つで子どもを育てるのは難しい。しかも無一文だったのだ。

「わたしのせいで村にいられなくなったのに、恨み言一つ言わずにやさしくしてくれました」

しかし、やっぱり暮らしていくことはできなかった。

「結局、食い詰めて、見世物小屋に身売りしたんですよ。わたしを売ったんじゃなくて、おっかさん自身を売っちまったんです。そのお金を江戸の知り合いに渡して、わたしのことを頼んでくれました」

母は、最後におしゅんにこう言った。

おっかさんの分まで幸せになっておくれよ。

おまえは、わたしの宝物なんだから。

目に涙をためながら、娘に笑って見せた。おしゅんは、その顔を今でもおぼえていた。

「その日から、おっかさんとは会っていません」

翌日には、見世物小屋はなくなっていた。他国へ行ったのかもしれない。母親が生きているのかさえ分からなかった。

そんなふうにして、おしゅんは独りぼっちになった。両親を失ったまま、江戸の町で成長した。そして左平次を好きになり、家庭を持ったのだった。

†

「今度は、自分が娘のために姿を消すつもりなのだな？」

ニャンコ丸が察したように聞いた。アホ面を晒してはいるけれど、見かけほど馬鹿ではなかった。怠惰な上に空気を読めないところがあるだけで、そこそこ、それなりに頭はいい。

「ろくろっ首だとバレないうちに、どろんするつもりなのだろう？」

「ええ。人間の世界から消えるつもりです」

おしゅんが、はっきりと頷いた。その顔は寂しそうだったけれど、決心は固いようだ。唇が固く結ばれていた。

「今までバレずにやって来られたのが、奇跡みたいなものなんです」

呟くように言って、ほんの少しだけ笑って見せた。

母親と別れた後、おしゅんは捨て鉢な気持ちになっていたという。

（バレてもいい）

そう思って生きてきた。どうせ、自分は化け物だ。幸せにはなれない、と思っていた。母親がそうだったように、いずれ見世物小屋に売られることを覚悟していた。

それがバレることなく大人になり、江戸の町で所帯を持つことになった。左平次やおてるという愛する者ができた。すると、おしゅんの気持ちに変化があった。

「勝手なもので、家族ができたとたんバレるのが怖くなったんです」

心配しているのは、自分の身のことではなかった。左平次やおてるが、迷惑を被ると思ったのだ。ろくろっ首だと知られたならば、職を失い、長屋を追い出されることだって十分にあり得た。

「結婚などしなければよかったではないか」

ニャンコ丸は、平然と鞭打つようなことを言う。でも、みやびも同じようなことを思った。出ていくのなら、最初から結婚しないほうがいい。取り残されるのは辛いことだ。

「わたしもそう思います」

おしゅんの声は、消え入りそうだった。その声をさらに小さくして、言い訳するように続けた。

「一目惚れをしてしまったんです。左平次さんやおてるちゃんと家族になりたいと思ってしまったんですよ」

その気持ちは、両親を失っているみやびにも分かった。ニャンコ丸がいたが、それでも孤独だった。九一郎に出会わなければ、ずっと孤独を感じていただろう。

「ずっと一人でいるのは寂しいからね」

「カァー」

ぽん太とチビ烏が、珍しく真面目な顔で言った。このふたりも、家族がいないのかもしれない。たいていの妖は、孤独に生きている。おしゅんの胸の痛みが分かるのだろう。

ニャンコ丸が、さらに言った。

「今までバレずに済んだのだから、これからも大丈夫ではないのかのう。江戸を離れる必要はなかろう」

乱暴な理屈だが、一理あるように思える。せっかく家族ができたのだから、手放すことはない。それに、

「左平次さんなら分かってくれるんじゃないですか」

真面目で肝の据わった男だ。女房がろくろっ首と知り驚きはするだろうが、追い出すような真似はしないような気がする。

おしゅんは頰を赤らめた。夫の名前を聞いて照れたようだ。控えめな女だけに表には出さないけれど、左平次に惚れていると分かる反応だった。そして、きっぱりとした口振りで返事をした。

「はい。分かってくれると思います。まっすぐで、お天道様みたいに陰のない人ですから」

「だったら……」

みやびの言葉を皆まで聞かず、おしゅんは首を横に振った。

「それでも、この町から逃げなければならない理由があるんです」

「理由？」

聞き返すと、ニャンコ丸が応じた。

「あやつらのことか？」

「あやつら？」

意味が分からず聞き返した。それに気がつかなかったのは、みやびだけだったようだ。

「ええ」

おしゅんが頷いた瞬間のことだ。十万坪の暗闇から、一目で破落戸《ごろつき》と分かる男たちが現れた。

「会いたかったぜ、ろくろっ首さんよ」

そのうちの一人が、おしゅんを見てニヤリと笑った。正体を知られている。おしゅんとみやびは、破落戸どもにつけられていたのだった。

†

深川に悪党は多いが、その中でも評判の悪い男がいた。人買いの亥蔵《いぞう》だ。そろそろ三十になるだろうか。痩せた野良犬のような顔をした男である。

その二つ名の通り、人を売り買いして生きている。いわゆる女衒《ぜげん》だが、金になれば男でも子どもでも売り飛ばした。

まだ金を出して買うときはいい。その金を出し渋ることもあった。どこぞから女をさらってきて、岡場所に売るような真似も平気でやった。口封じに女の家族を殺したこともある。飛び切りの悪党だった。

「亥蔵を見たら逃げるんだぜ」

町人たちは、そんなふうに女房や子どもに言い聞かせた。

その亥蔵には両手で数え切れないくらいの手下がいた。人殺しを厭わない物騒な連中を従えている。金を持っていることもあり、深川ではちょっとした顔だった。悪い意味で、一目置かれていた。

その日、亥蔵は真夜中の深川をたった一人で歩いていた。横川沿いにある賭場に顔を出した帰り道で、手下を連れていなかった。用心深いくせに、近くに人を置いておくのが苦手だった。

（一人くれえ連れてくればよかったぜ）

そうは思ったが、今さらだ。酒を飲んでいることもあって、考えるのが面倒くさかった。

「まあ大丈夫か」

亥蔵を襲う度胸のある者など、深川には数えるほどしかいない。実際、何事もなく歩いていった。

そんなふうにして一軒の長屋の前を通りかかったとき、庭先に佇む女の姿が目に飛び込んできた。

（眠れずに夜風にでも当たっているんだろう）

と思ったくらいで、特別な関心は抱かなかった。ただ、いつもの癖で値踏みしながら見たが、

（悪かねえけど、地味な女だな）

そこらへんにいる程度の容姿だった。さらうほどの価値はない。亥蔵は鼻を鳴らして、通りすぎようとした。

何事もなければ、ここで話は終わっていた。地味な女を見たことなど、家に着く間に忘れただろう。

だが、このとき天変地異が起こった。正真正銘の天変地異——地べたがぐらり、と揺れたのだ。

（じ、地震だっ！　こいつは大きいぜっ！）

悲鳴こそ上げなかったが、肝の据わっている亥蔵の顔色が変わった。それくらいの大きな揺れだった。

目の前の貧乏長屋が不吉に軋み、今にも崩れそうに波打っている。屋根が落ちてきたら、そばを歩いている亥蔵だって無事では済まないだろう。

（冗談じゃねえ）

おんぼろ長屋が崩れるのに巻き込まれて死ぬのはごめんだ。亥蔵は長屋から離れ、道端に生えている木のそばに避難した。そこで地震をやりすごすつもりだった。すると、もう一つ、驚くことが起こった。

長屋の前に佇んでいた女の首が、なんと、伸びたのであった。五尺は伸びただろうか。

「――っ!?」

地震以上に驚き、大声を出しそうになったが、慌てて呑み込んだ。この状況で悲鳴を上げず、腰も抜かさずに済んだのは、見世物小屋に出入りしていたからだろう。首の伸びるものを見たことがあった。だから、女の正体を察することができた。

（……ろくろっ首）

木陰に隠れるようにして、女を改めて見た。ろくろっ首は、亥蔵に気づいていないようだ。

地震は続いていた。グラグラと揺れが大きい上に、いつまでも収まらない。この調子では崩れる長屋もあるだろうが、亥蔵はそれどころではなかった。地面が揺れていることも忘れて、じっと女を見ていた。

「左平次さん！　おてるちゃん！」

ろくろっ首は大声を上げて、首を伸ばしたまま長屋に駆け寄ろうとした。叫んだのは、家族の名前のようだ。助けに行くつもりなのだろう。

（ろくろっ首のくせに所帯を持っていやがるのか）

亥蔵は静かに見ている。長屋が崩れようと出ていくつもりはなかった。

だが、女が建物に着く前に揺れは収まった。ミシリッと不吉な音を立てたが、長屋は崩れずに済んだ。

ろくろっ首は立ち止まった。

「……よかった。本当によかった」

呟くように言ってから、自分の首が伸びていることに気づいたようだ。慌てた様子で、伸びた首をもとに戻した。家族にも秘密にしているようだ。

†

ろくろっ首は高く売れる。

見世物小屋によっては、三百両も出すと言われていた。亥蔵は舌なめずりし、自分の運のよさに笑い出しそうになった。またとない儲け話が、勝手に転がり込んできたのだから。

目の前に大金を差し出されたようなものだが、亥蔵は焦らなかった。その日は家に帰り、女のことを調べ上げた。

長屋が分かっているのだから、造作もなく名前も家族も分かった。どうやら予想通り、ろくろっ首であることを隠して暮らしているようだ。所帯を持ったばかりで、夫と娘がいた。

「亭主は、真面目なだけが取り柄の職人か……。役人に伝手もあるめえ。さらっちまうとするか」

力ずくで連れ去ってしまえばいい。そうすれば、自分の懐を痛めずに三百両が手に入る。金を出して買うつもりはなかった。

ただ、問題もあった。

「あの野郎の縄張りだったな」

亥蔵は、顔を顰《しか》めた。深川には、秀次という腕の立つ岡っ引きがいる。袖の下も取らぬ面倒な男だ。女がいなくなれば、亥蔵のしわざだと見当をつけるだろう。引っ張られるのは目に見えていた。

(見つからねえようにやらねえとな)

思案し、手下を見張りに立てた。いざとなったら、その手下に罪を着せてしまうつもりだった。

そうして女をさらう機会を窺っていたが、そのときは思ったよりも早く訪れた。真夜中に女が家を出た、と手下が知らせてきたのだ。

子分たちを連れて駆けつけてみると、ひとけのない十万坪で若い女と会っていた。こんな夜更けに何の話をしているのか分からない上に、ぶたのような猫と妙な狸、小さな烏がそばにいたが、それはどうでもいい。亥蔵の狙いは、おしゅん——ろくろっ首なのだから。

「野郎ども行くぜ」

闇に沈む声で命じた。五人の手下を連れていた。夜目の利く筋金入りの男ばかりを選んである。悪事に慣れている一行は、闇の中でも昼間と同じように動くことができる。

音もなく闇の中を動き、ろくろっ首と見知らぬ女の前に出た。逃げられないように、取り囲むようにして距離を詰めた。わざと気づかせて、声をかけた。

「会いたかったぜ、ろくろっ首さんよ」

笑みがこぼれた。これで、おしゅんは亥蔵のものだ。三百両もの大金が手に入ったも同然だ。

しかも改めて見ると、一緒にいる女も悪くなかった。女郎宿に高く売れそうだ。一緒にさらうことに決めた。

（どこまでもツイてるぜ）

ふたたび笑いが込み上げてきたが、今度は、それを嚙み殺して亥蔵は女ふたりに言った。

「さて、こっちに来てもらおうか」

亥蔵にとっての仕事——お楽しみの時間が始まったのだった。

深川で生まれ育ったみやびは、当然のように亥蔵のことも知っていた。女にとっては最悪の男だ。昼間にすれ違うだけでも顔が強張るようなろくでなしであった。

一方、おしゅんは平然としていた。人相の悪い破落戸どもが現れたというのに、何事もなかったかのような顔をしている。

この真夜中に破落戸に声をかけられても返事をせず、見もしなかった。ただ、みやびに向かって静かな声で続けた。

「これが、江戸を離れなければならない理由ですよ」

「そういうことかのう」

返事をしたのはニャンコ丸だ。納得した顔であった。分かったふりをしているのではなく、本当に理解したみたいだった。だが、みやびには分からない。

「そういうことって、どういうこと？」

「カァー？」

ぽん太とチビ烏が聞いた。みやびと同様に分からないらしい。

それに対するニャンコ丸の返事は、とんでもないものであった。

「おしゅんはこの悪党どもを懲らしめるために、十万坪に誘い出したのだ」

「ええっ!?　さ、誘い出した？」

みやびは目を丸くするが、ニャンコ丸は間違っていなかった。おしゅんが破落戸どもを睨みつけ、呟くように言った。

「こんな連中に長屋のそばをウロウロされたんじゃあ、左平次さんもおてるちゃんも安心して暮らせませんから」

その声は静かだったが、怒りがこもっていた。

「ふむ。自分がいなくなった後の災いを絶っておこうというのだな。十万坪《ここ》なら思う存分、戦えるからのう」

ニャンコ丸が注釈を加えるように言った。

(なるほど)

ようやく、みやびは納得する。今さらだが、廃神社の中に上がらなかった理由も分かった。廃神社に破落戸どもが入ってくるか分からないし、建物の中では戦いにくいのだろう。

「おしゅんさんが、あいつらをやっつけるんだね」

「カァー」

ぽん太とチビ烏が言わずもがなのことを言った。誘い出したのだから、次は退治する番だろう。

しかし、おしゅんは頷かなかった。意外なことを言い出した。

「わたしには無理です。首が伸びる他は、普通の女と変わりがありませんからね。腕力で男に敵《かな》いっこありませんよ」

それに、と女は続ける。

「自分でやっつけられるのなら、拝み屋さんを頼ったりしません」

道理であった。ひとりで始末を付ければいいのだ。すると、この展開は――。

「も、もしかして……」

みやびが問うように言うと、おしゅんが頭を下げた。

「破落戸どもの退治をお願いしたくて、こちらに参りました。どうか、力をお貸しください」

「ええっ!?　わ、わたしに倒せってことですか？」

みやびは大声を上げてしまった。無茶振りにもほどがある。だが、おしゅんは即座に否定した。

「まさか」

と首を横に振ったのだった。

(力を貸せって言葉は、わたしに言ったんじゃなかったのか)

ほっとしたものの、新たな疑問が生じる。九一郎が行方不明になっている今、みやびじゃなければ、ニャンコ丸かぽん太かチビ烏しかいない。

みやびの知るかぎり、この中で最も強いのは、ぽん太だ。傘を使って地獄を召喚できる。江戸を火の海にできるほどの妖力を持っていた。破落戸どもなど瞬殺できるだろう。

でも、ぽん太は……。

「おいらの傘、穴が開いちゃったから無理」

先手を打つように言った。また傘を壊してしまっていたのだ。お茶を載せたりチャンバラごっこをしたりと無茶な使い方をするせいで、頻繁に壊れる。大切な傘のはずなのに、壊しまくっていた。年中、穴を開けている。今も傘を持ってはいるが、使えない状態であるらしい。

「カァー、カァー」

チビ烏も首を横に振った。自分は弱いと言っているようだが、そんなことは見れば分かる。こいつは、吹けば飛ぶほど小さい。普通の鳥と喧嘩しても負けそうなチビ鳥であった。

するると、残りはあれしかいない。一同の視線が、自称・仙猫に集まった。ニャンコ丸が、もったいぶった顔になる。

「わしを当てにしているようだのう」

相変わらずの自信だ。おまえごときを誰も当てにしていない、と言ってやろうとしたときである。

おしゅんが、改めて頭を下げたのだった。

「申し訳ありません。猫大人さま、力をお貸しください」

「……はい？」

みやびは驚くより、きょとんとしてしまった。

「ええと……。その猫大人って、も……もしかしてニャンコ丸のこと？」

聞き返すと、ぶたによく似たブサイク猫がため息をついた。

「安定の物知らずだのう」

ニャンコ丸のことを知っているほうがおかしいと思うのだが、実際に、おしゅんは知っていた。

「ろくろっ首は、唐土《もろこし》に由来する妖だのう。向こうの事情にも詳しい。わしのことを知っていても不思議はないのう。猫大人さまは、この世のすべての場所で有名であるからな！」

自称・仙猫がひっくり返らんばかりに胸を張っているが、深川では、ぶたに似たブサイク猫として有名なだけである。デブ猫と呼ばれることもあった。

だが思い返すと、少し前に江戸を騒がせた攫猿《かくざる》も、ニャンコ丸に一目置いていた。

(まさか、本当に仙猫なの？)

改めてニャンコ丸を凝視するが、やっぱり、ただの潰れたまんじゅうである。

そんなみやびをよそに、おしゅんがニャンコ丸に頭をさげた。

「頼れるのは猫大人さましかいません。どうか、この非力なろくろっ首に力をお貸しください」

「仕方ないのう」

ニャンコ丸が、重々しく頷いた。やる気になっているのか？

「仕方ないって――」

みやびは止めようとした。攫猿の一件は、何かの間違いだと思っていた。そこらの野良猫にも負けるニャンコ丸が、亥蔵のような物騒な連中に勝てるわけがない。

「殺されちゃうわよ」

心配したのだが、癇に障ったみたいだ。

「誰が殺されるかっ！　わしの凄さを見ておれ！」

怒鳴り散らし、完全にやる気になっている。それは、破落戸どもも同様だった。

「何をしゃべってやがるっ！　さっさと、こっちに来ねえかっ！」

亥蔵が怒声を上げげた。早くも手下たちが匕首《あいくち》を抜いている。力ずくで、おしゅんとみやびを連れていくつもりだ。

一人残らず喧嘩し慣れているように見える。怖そうだった。どう考えたって、ぶた猫が勝てる相手ではない。

「世間に迷惑をかけるゴミのような輩《やから》が、偉そうな口をきくでない」

ニャンコ丸が説教を始めた。だが妖の言葉は、普通の人間には届かない。肉球はんこという術もあるが、使う素振りを見せなかった。破落戸どもの顔を眺めるように見ながら、偉そうに説教を続けている。

「どいつもこいつも、ろくでもない顔をしておる。世間を舐め切っておるな。お仕置きが必要だのう」

「うん！　お仕置きしちゃって！」

ぽん太が合いの手を入れた。ニャンコ丸は、そのぽん太に言う。

「傘を貸せ」

「え？」

「おぬしの傘でお仕置きをするのだ」

ぽん太の傘を当てにしていたのであった。

「でも穴が――」

「知ったことかっ！　穴くらい何だ！　使って使えぬことはない！」

「嫌だよ。完全に壊れちゃうよ」

「物はいつか壊れるものだ！」

無茶なことを言い、ニャンコ丸はぽん太から傘を奪おうとする。

「駄目！　貸さない！」

傘差し狸は首を横に振り、傘を守りに入った。

「貸せ！」

「駄目！」

とうとう奪い合いを始めたのだった。太った猫と狸が、傘を引っ張り合っている。

「何をやってやがる？　……まあ、いい。女ども、こっちに来るんだ」

亥蔵が、みやびとおしゅんに手を伸ばそうとしたとき、ニャンコ丸の声が十万坪に響いた。

「出でよ！　龍巻《たつまき》地獄！」

引っ張り合った格好のまま、傘を開いたのだった。

ぽん太の傘で地獄を召喚したようだけれど、そんな地獄はあっただろうか？　温泉の名前だったような……。

そう不思議に思ったが、ちゃんと竜巻が現れた。ただ小さい。傘に穴が開いているせいか、ぽん太と引っ張り合いながら召喚したせいなのか。

しかし、竜巻は竜巻であった。亥蔵たちを吹き上げた——。

「カァー!?」

悲鳴を上げたのは、チビ烏だった。なんと竜巻に巻き込まれている。亥蔵たちは上空でクルクルと回っているが、身体の小さいチビ烏は吹き飛ばされてしまったのであった。

「カァー……」

悲しげな声を残して、流れ星みたいに儚く消えていった。

——味方を吹き飛ばしてどうする？

そう突っ込んでやろうとしたが、それを制するようにニャンコ丸は言った。

「あやつには、仕事を命じてある」

絶対に嘘だ。チビ烏を吹き飛ばしたのを誤魔化そうとしている。ひどい話だが、みやびも心配していなかった。

「まあ大丈夫か」

仮にも妖だし、チビ烏は意外と打たれ強い。きっと、江戸のどこかで元気にしているだろう。

それよりも亥蔵たちである。突風に吹き上げられた木の葉のように、破落戸たちが夜空で舞っている。

「こんなものでよかろう」

「何でもいいから、おいらの傘を返して！」

「うむ。こんな穴の開いた傘はいらぬ」

ニャンコ丸は、人でなしであった。さっさと手を傘から離した。その反動で、ぽん太がひっくり返った。

そして、そのとたん、竜巻が消え、破落戸どもが地べたに落ちてきた。

空中で気を失っていたのだろう。背中から落ちても、声を上げなかった。その後もぴくりとも動かず、捨てられた人形のように転がっている。不吉な姿だった。

「し……死んじゃったの?」

「さあ」

傘を取り戻したぽん太が起き上がり、みやびの問いに首を傾げたが、とことこと破落戸どもに近づき、倒れている亥蔵たちの顔を覗き込んだ。しばらく眺めてから、報告した。

「気を失っているだけだね」

あの高さから落ちたのだから怪我くらいはしているだろうが、命に別状はないらしい。

「丈夫な連中だのう。あとで秀次のところに運んでやるか」

ニャンコ丸は、面倒くさそうに言った。チビ鳥のことはおぼえていないようであった。みやびは、チビ鳥が江戸のどこかで幸せに暮らしていることを願った。

†

おしゅんは長屋に帰らず、そのまま十万坪で夜を明かした。夜が明けるのを待って江戸から出ていくつもりのようだ。

行く場所は、ニャンコ丸が提案した。

「山姥《やまうば》を頼るのがよかろう」

以前の事件で知り合った妖である。江戸の町で暮らしていたが、正体がバレるのを恐れて箱根《はこね》の山に行ってしまった。おしゅんと話が合いそうだった。また、山姥は面倒見もいい。

「だがのう」

ニャンコ丸が言い出した。

「破落戸どもを退治してやったのだから、江戸から離れる必要はあるまいに」

「うん。お江戸にいても大丈夫だと思うよ」

ぽん太も頷く。亥蔵たちはニャンコ丸に懲らしめられ、秀次の手に渡される。他にも悪事を働いているだろうから、よくて島送りだ。二度と、おしゅんを悩ませることはあるまい。

しかし、おしゅんは頷かなかった。

「地震のとき、他にも見ていた人間がいるかもしれませんし、亥蔵が誰にしゃべったのかも分かりませんから」

「そうかもしれぬのう。人の口に戸は立てられないからな」

ニャンコ丸がそう応じた。残念なことに、それは事実だった。いったん秘密が外に漏れると、油紙を燃やす炎の勢いで広まっていく。人は、秘密を黙っていられない生き物なのだ。

「でも……」

みやびは納得できなかったが、おしゅんの決心は固かった。

「短い間でしたけど幸せでした。こんな自分が、左平次さんやおてるちゃんと家族になれたんですから、その思い出だけで十分なんです」

自分に言い聞かせるような口振りだった。無理やり笑おうとしているが、目は真っ赤だ。

「今はよくても、いずれバレますよ」

そんなことはないとは言えない。今回、噂にならなくても、たいていの秘密はいつか暴かれる運命にある。

「いいんですよ。これでいいんです。だって、これ以上、左平次さんを好きになったら離れられなくなっちまいますから」

冗談めかして言ったが、本音だろう。人を好きになると、ずっと一緒にいたいと思うものだ。でも、誰も彼もが一緒にいられるわけではない。

好きだからこそ身を引く。愛しているからこそ一緒にいてはいけない。そんな恋もあるのだ。

「世の中、ままならぬのう。思い通りに行かぬものよ。確かに、江戸を離れるのが一番であろうな」

ニャンコ丸が呟くと、おしゅんが「ええ」と頷いた。そして、話を切り上げるように言った。

「それじゃあ行きますね。お世話になりました」

おしゅんが背を向けて歩き出した。長屋には戻らず、このまま箱根の山に行くつもりなのだ。

「気をつけていくがよい」

「は……はい」

返事をするだけで振り返りはしなかったが、みやびは、女が泣きながら歩いていることを知っている。

この世の中は、別れで満ちている。誰かがいなくなるのは、少しも珍しいことではない。

みやびも両親と別れている。九一郎もいなくなってしまった。ニャンコ丸やぽん太、チビ鳥だって、いつまで一緒にいるか分からないのだ。江戸を離れていくおしゅんの背中が、なぜだか自分のもののように見えた。

おしゅんに諦めて欲しくなかった。愛する家族と暮らしていて欲しかった。

「世の中、ままならぬものだ」

ニャンコ丸が、さっきと同じ台詞を繰り返した。しかし、その言葉には続きがあった。

「ひとりで江戸を離れることもできぬからな」

「――え？」

みやびが聞き返したときだった。おしゅんの行く手を阻むように、二つの人影が現れた。それは、左平次とおてるだった。そして、そのそばにチビ鳥がいた。

「カァー」

「文《ふみ》を渡してくれたようだのう」

ニャンコ丸は言った。みやびは驚く。チビ鳥に仕事を命じたというのは、本当のことだったのか。

「文も読んだし、話も聞いた」

　左平次が、おしゅんに言った。少し前から、この場所にいたようだ。いつからいたのかは分からないが、何もかもを知ってしまったようだ。

「おめえ、ろくろっ首だったんだな」

「は……はい」

　おしゅんが消え入りそうな声で返事をした。江戸を離れようとしたのは、左平次やおてるの平穏な暮らしのためだが、愛する男に正体を知られたくないという思いもあっただろう。

「わたしは化け物です。あなたを騙していました」

　それは悲しい告白だった。聞いているみやびの心まで千切れてしまいそうだった。

「もう二度と、あなたの前には現れませんから勘弁してください」

　おしゅんが頭を下げた。地べたに着きそうなくらい深々と垂れている。だが、左平次は頷かなかった。

「勘弁できねえな」

　声を聞いただけでも分かる。男は怒っていた。所帯まで持ったのだから当然なのかもしれない。

　みやびは、ニャンコ丸を睨みつけてやった。こいつが余計な真似をしたせいで、最悪の状況になってしまった。

（何を考えてるのよ、まったく）

きっと何も考えていないのだろう。今も腑抜けた顔で、ボケッと立っている。取りなすつもりはないようだ。

放っておくこともできないが、どうしていいのか分からなかった。そんなみやびを尻目に、左平次が怒鳴りつけるように言った。

「ひとりで行っちまうなんて勘弁できねえに決まってんだろ！」

それは、意外な台詞だった。うなだれていたおしゅんが顔をあげた。

†

「おれもおてるも一緒に行く。おめえと一緒に箱根に行くからな」

左平次は宣言した。本気で言っていると分かる口振りに、おしゅんは慌てた。

「一緒にって――」

「文句は言わせねえ！　女房を守るのは、亭主の仕事だ！　一緒に行くに決まってるだろ！」

正体がろくろっ首だと知った今でも、左平次は添い遂げようとしているのだ。おしゅんが戸惑いながら言葉を返した。

「そんなの、無理ですよ」

「何が無理なんだ？」

「箱根の山ですよ。人の住む場所じゃあ――」

「宿場町じゃねえか」

左平次はおしゅんの言葉を遮り、あっさり言った。間違ってはいない。箱根宿は、東海道五十三次の十番目の宿場である。山姥の棲んでいる山奥から少し歩く必要があるが、まるで人が住んでいないわけではなかった。

温泉も有名で、箱根七湯（湯本《ゆもと》・塔之沢《とうのさわ》・堂ケ島《どうがしま》・宮ノ下《みやのした》・底倉《そこくら》・木賀《きが》・芦之《あしの》湯《ゆ》）は、江戸からの旅行客も多い。庶民の間でも、「一夜湯治」と称して、一泊だけ温泉地である箱根に宿泊する習慣があった。

「どこに行ったって食っていけるだけの腕はあるつもりだぜ」

左平次は、さらに言った。それは、江戸の職人の誇りでもあった。実際、建物があるかぎり腕のいい左官に食いっぱぐれはない。

「でも、おてるちゃんが――」

おしゅんは言いかけたが、左平次に遮られた。

「一緒に行くって言い出したのは、おてるなんだぜ」

すると、それまで黙っていたおてるが真面目な顔で言った。

「おっかあがいなくなったら、おっとうが泣いちゃうもん」

「おい――」

左平次が慌てている。最近では、すっかり口が達者になった娘を持てあましていた。

「泣いちゃうって、おめえなあ」

「え？　泣かないの？　おっかあがいなくなっても平気なの？」

「そりゃあ……。おめえ、まあ……」

左平次は、しどろもどろだ。そんな父娘のやり取りを見て、おしゅんの口元が緩んだ。いつもの会話だった。

だからと言って、この二人と箱根に行くかは分からない。ろくろっ首である自分と一緒に暮らすのは苦労が大きいだろうし、左平次は簡単に言うが、本当に仕事があって生活できるかも分からない。簡単に決められることではなかった。

だけど、おしゅんはうれしかった。今となっては生きているのか分からない母のことを思い出した。

おっかさんの分まで幸せになっておくれよ。

おまえは、わたしの宝物なんだから。

今なら、母に返事をすることができる。左平次とおてるのおかげで、思い出の中の母に言うことができる。

おっかさん、わたしは幸せになれました。

おしゅんの頬には、一筋の涙が伝っていた。

第二話　猫又

芒種《ぼうしゅ》とは二十四節気の一つで、太陽暦六月五日ごろに当たる。芒《のぎ》のある穀物——稲や麦の種を播く時季の意だ。このころから田植えが始まり、天候は梅雨めいてくる。

九一郎がいなくなって一ヶ月以上が経った。暦通りに気候は変わり、もう何日もしないうちに梅雨入りしそうな気配が漂っていた。

季節が変わっても、九一郎は帰って来ない。廃神社を出た後の足取りどころか、消息さえつかめていなかった。

「腹が減ったら戻ってくるだろう」

と、ニャンコ丸は心配していない。ぽん太やチビ烏も似たようなものだった。まるで気にしていなかった。

「おいらも大丈夫だと思うよ」

「カァー」

「大丈夫って、どう大丈夫なのよ？」

「そのうち分かるのう」

　ニャンコ丸は言うのだった。たぶん——いや、絶対に適当なことを言っている。

「見つけてきてよ」

　仙猫なら簡単だろう。しかし、ニャンコ丸は動こうとしなかった。突き放すように返事をした。

「断る」

「どうして？」

「見つけてどうするのだ？　自分の意思で出ていった九一郎を、無理やり連れ戻すのか？」

「で……でも、どこかで倒れていたら」

「九一郎が出ていったのは、一ヶ月も前のことだ。倒れていたら、とうの昔に死んでおるか、誰かに助けられているだろうのう」

　言い返すことはできなかった。一ヶ月間も道端で倒れていることはあり得ない。

「どこかで女と暮らしているのではないかのう」

　ニャンコ丸は意地が悪かった。だが、その可能性も皆無ではないだろう。

†

そんなある日、拝み屋に客が訪れた。九一郎のいない廃神社に、あの、あの娘医者が顔を出したのだ。

「いるか？」

挨拶も抜きに、入り口の前で声を上げた。とたんに、ニャンコ丸たちが浮き足立った。

「おっかないのが来たのう」

「おいら、お腹痛くないからね？」

「カァーッ！」

妖たちが口々に言った。今にも逃げ出しそうな勢いで警戒している。この娘医者のことをよく知っていたからだ。

――樟山《くすやま》イネ。

歳のころは十六、七と若く、見た目も少年のようだが、

「あの先生に治せねえ病気はねえんじゃねえかね」

と、秀次に言わしめるほどの名医だった。チビ烏の怪我も治したことがあったし、九一郎の妖熱も下げてしまった。

その割りに避けられているのは、「薬ぐるい」であったからだ。薬に目がなく、自分で調合する。薬草だけじゃなく虫や獣の肝も使う。さらに異国の医術の知識もあった。

この時代、女の医者は珍しい。ましてやイネは小娘と言っていい年齢なのだ。そのせいもあって、一部の人間から、

「頭のおかしい女医者」

と、呼ばれていた。

人の身体を切り刻み、化け物人間を作ろうとしているとの噂まであるのだ。馬鹿馬鹿しい話だが、イネならやりかねないと思わせるところがあった。大の男だけではなく、妖にさえ恐れられていた。

「入るぞ」

イネは言って、廃神社に入ってきた。

(もしかして)

みやびは腰を浮かせた。この娘医者にも、九一郎がいなくなったことを話してあっ

た。江戸中に患者を持っていることもあって、イネは顔が広い。手がかりを見つけてくれたと思ったのだ。

でも、そうではなかった。みやびの顔を見るなり、いつもの素っ気ない口振りで言った。

「今日は別口だ。九一郎のことではなく仕事の依頼に来た」

突き放すようにしゃべるのは、この娘の癖だ。怒っているわけではないと思う。口数も少なく、誰が相手でも敬語を使わない。感情を読み取れない話し方をする。

「三毛猫のことで頼みがあるのだな」

ニャンコ丸が千里眼よろしく言ったが、それくらいのことは、みやびでも分かった。イネが子猫を連れていたからである。

それは、手のひらに乗りそうな大きさの三毛だった。オスだろうか。我が家のぶた猫の百倍はかわいらしい。

「三味線にする相談かのう」

ニャンコ丸がふたたび意地の悪いことを言い出したけれど、イネはその上を行っていた。

「興味深い。やってみるか。一度、三味線を作ってみたいと思っていたところだ」

あながち冗談とも思えない口振りである。それくらいのことをやりかねない娘でもあった。

とりあえず止めておこうと思ったとき、足もとから声が上がった。

「よしてくだせえ。先生が言うと洒落《しやれ》に聞こえねえ」

そう言ったのは猫だった。イネの連れている小さな三毛猫が顔をしかめ、人間の言葉でしゃべったのだ。

しかも、いつの間にか二本足で立っていた。ふと気づいて、しっぽを見ると二つに分かれている。

「……もしかして猫又《ねこまた》とか？」

みやびが聞くと、ニャンコ丸が大仰にため息をついた。

「今ごろ気づくとはさすがだのう」

「うん。驚きの鈍さだね」

「カァー」

ぽん太とチビ烏が尻馬に乗った。口が悪いのはいつものことだが、ここまで言われると凹《へこ》みそうになる。

（そんなに鈍くないと思うけど……）

声に出して言えないみやびであった。

「そう言うな。この鈍さが、みやびらしさだ」

イネが窘《たしな》めたが、一番ひどいことを言われた気がする。鈍いのは確定しているようだ。

「みやびのことはどうでもいい」

自分で言い出したくせに、ニャンコ丸が言った。これ以上、自分の鈍さを語られても困るので黙っていると、唐土の仙猫が話を進めた。

「相談というのは、この猫又のことだな」

すっかり仕切っている。拝み屋の主になったつもりでいるようだ。

「そうだ」

娘医者がこくりと頷き、みやびに聞いてきた。

「猫又が、どんな妖かは知っておるな」

「まあ。だいたいは」

曖昧に返事をする。知らないとは言えない。何しろ、猫又は有名な妖だ。それこそ、子どもでも知っている。

大昔——鎌倉時代には、すでに猫の怪異として知られていた。飼い猫が歳を取っ

て猫又になるとも言われており、江戸の町でも、

「長い年月にわたって猫を飼ってはならない」

という戒めや、

「年老いた飼い猫が家を離れると、山に入って猫又になる」

そんな風説があった。庶民からの人気も高く、子ども向けの絵双紙《えぞうし》に書かれることも多い妖だ。

「知っているなら話が早い。あとはこやつが話す」

イネは猫又を見ながら言った。それを受けて、三毛猫がペコリと頭をさげた後に話し出した。

「あっしは、三毛吉《みけきち》と申しやす。今日は、拝み屋の先生方にお願いがあって参りやした」

礼儀正しい職人言葉を話す猫又であった。好感が持てるが、ただ一つ、勘違いをしている。

「わたしは、拝み屋でも先生でもなくて――」

訂正しようとしたとき、礼儀正しくない妖たちがしゃしゃってきた。

「願いとは何だ？　猫大人先生が聞いてやるのう」

「ぽん太先生も聞くよ」

「カァー」

すっかり、その気だ。先生と呼ばれてうれしかったらしく、ろくに話を聞かずに引き受けようとしている。

「みやびたちが相談に乗ってくれるそうだ。よかったな。これで解決だ」

間髪を容れずにイネが言った。腕のいい医者だが、治療以外のことは適当な気がする。病気や怪我を治すことにしか興味がないのかもしれない。みやびに厄介ごとを押しつけているようにも思えた。

「解決って――」

みやびは言い返そうとしたが、さっさと遮られた。

「妖の悩み事を、妖にするのは理に適っておる。解決への近道であろう」

分かったような、それでいて分からないことを言い出した。納得できないが、反論しても無駄だろう。

まあ、イネには世話になっている。九一郎の妖熱を診てもらったし、チビ烏も怪我を治してもらっている。頼みを断ることはできなかった。

すると、みやびよりも、妖力を持つニャンコ丸たちのほうが頼りになるのかもしれない。

唐土の仙猫は、みやびの考えていることを読む。

「結局、わしに頼るのだな」

偉そうにため息をつき、改めて猫又に向き直った。

「猫大人先生に事情を話すがいい」

「へい」

三毛吉は頷き、しゃべり始めた。それは、人間と妖の物語だった。

†

江戸の町には、親のいない子どもがたくさんいる。親に捨てられた場合もあれば、迷子になって家に帰れなくなった場合もある。親のいない子どもの数だけ、悲しい物語があった。

小吉《しょうきち》も、そんな親のいない子どもの一人だ。一年前、六つのときに、父母が流行病で命を落とした。

きょうだいはおらず、頼れそうな親戚もいなかった。呆気なく、天涯孤独の身の上となった。独りぼっちになってしまったのだ。

幕府も役人も、子どもの面倒を見てはくれない。親がいなくなっても、たいていの場合は放置された。

六つでは、自分で稼ぐことは難しい。餓え死んでも不思議のないところを、長屋の大家が不憫《ふびん》に思い、風呂屋の小僧の仕事を斡旋《あっせん》してくれた。それ以来、風呂屋に住み込み、竈《かまど》の煤《すす》で真っ黒になりながら働いている。

長屋の大家のように同情を寄せる者もいれば、炭団《たどん》のように真っ黒になって働く小吉を嘲笑う者もいる。中でも、子どもは残酷だった。親のいる子どもたちが、親のいない小吉を馬鹿にした。

「おっとうやおっかあがいねえから、手習いにも行けねえんだってな」

「風呂屋のお荷物だってよ」

陰口ではなく、本人の前で言うのだった。言葉だけでは足らず、石をぶつけてきたり、棒で殴ってきたりする悪ガキもいた。

小吉はチビで痩せていて、腕力も度胸もなかった。弁も立たず、いじめられてもメソメソと泣くことしかできない。

しかも風呂屋の主人夫婦は因業《いんごう》で、小吉を庇いもしなかった。それどころか、食わせる飯がもったいないと思っていた節がある。大家に言われて、嫌々、小吉を引き取ったのだ。

そんな夫婦だから、頼ることも、意地悪をされたと言いつけることもできない。言いつけたところで、何もしてくれないだろう。

いじめられるたびに、小吉は人の来ない風呂屋の裏庭で泣いていた。煤で汚れた手で拭くものだから、いつにも増して顔が真っ黒になってしまう。汚れた顔を拭いてくれる親はいない。小吉の顔は、涙と煤でずっと汚れたままだった。

その様子を一匹の猫又が見ていた。深川の外れをねじろにしている野良の三毛猫である。

「小さな子どもとは言え、男がみっともねえでしょう。喧嘩して負けて泣くのならともかく、何もしねえでメソメソするなんて」

廃神社で、三毛吉はそんなふうに言った。突き放すような言葉だったが、その顔つきはやさしかった。

「黙っていられなくなっちまいましてね」

言い訳するように言った。見るに見かねた三毛吉は、ただの野良猫のふりをして小吉の前に出たのだった。

「にゃあ」

猫の言葉で話しかけた。妖の言葉で話しかけたところで、普通の人間には届かないからだ。

（しっかりしねえか）

と、発破をかけたつもりだったが、猫の言葉も通じなかった。一瞬、こっちを見たが、何も言わずに小吉は三毛吉を抱き上げて、すがりつくように泣いた。いっそう涙をこぼして泣き出したのだった。

「まったく情けねえ。でもね、小吉は悪いやつじゃねえんですよ」

みやびに話して聞かせる声は、やっぱりやさしかった。猫又だが、少年のことを友達だと思っているのだ。

「何だか離れがたくなっちまいましてね」

三毛吉は肩を竦めるように言った。しばらく、風呂屋の裏庭で暮らすことにしたという。

小吉は、そんな三毛吉に自分の食べ物を分け与え、夜になると一つの布団で眠った。風呂屋夫婦に見つからないように、こっそりと自分の部屋に入れたのだ。三毛吉という名前をつけたのも、小吉だった。自分に似た名前をつけたのだろう。

「自分の面倒も見れねえくせに、あっしの世話を焼こうなんて十年早《はえ》えや。まったく、しょうがねえガキですよ」

三毛吉の目は潤んでいた。

「おかげで、昔のことを思い出しちまいました。あっしも情けねえや」

思い出したのは、親に育ててもらっていたころのことのようだ。遠くを見るような顔で続けた。

「あっしの親は、猫又になりませんでした。ずっと昔に死んじまってます。あっしだけが、この世に残っているんですよ」

三毛吉もまた、独りぼっちだったのだ。

†

「寂しいもの同士が、身体を寄せ合って暮らしたというやつだな。つまらぬ話だのう」

ニャンコ丸が、欠伸《あくび》をした。先日はろくろっ首に同情をしたくせに、今日は冷たかった。一貫性がないというより、その日その日の気分で生きているのだ。とにかく、せっかくのいい話が台なしであった。仙猫はさらにひどいことを言った。

「悪ガキなど、おぬしが食らってしまえばよかろう」

「食らってしまえって、あっしを何だと思ってるんですか？」

不本意そうに聞く三毛吉に、ぽん太とチビ烏が返事をした。

「猫又だね」

「カァー」

言いたいことは分かる。猫又の怪異は、みやびでも知っていた。前にも言ったように江戸の世でも怪談噺の定番だが、大昔からあることだ。

例えば、鎌倉時代に現れた猫又は、一夜に七、八人を食らったと藤原定家の『明月記』に書かれている。そんな猫又の妖力を以てすれば、人間の子どもなど敵ではなかろう。

「おぬしとて人間を食らったことくらいあるだろう」

「ないですよ！　物騒なことを言わねえでくだせえ！」

三毛吉が悲鳴を上げるように抗議するが、ニャンコ丸は撤回しない。

「物騒も何も、猫又は凶暴なものと相場が決まっておる」

唐土でもそうなのだろうか。同じことを思ったらしく、三毛吉が呟くように聞き返した。

「どこの相場ですか？」

ため息が交じっていた。ニャンコ丸の言葉に呆れているようにも見える。他のもの、の気持ちなど考えない仙猫は、平然と答えた。

「この世のすべての相場だのう」

見聞が広いと言わんばかりであった。だが、ニャンコ丸は間違っていた。実は、猫又のことをよく知らなかったようだ。

「よその国や田舎のことは分かりやせんが、江戸の猫又には掟《おきて》があるんですよ」

そう言われて、意外そうな顔をした。

「掟？　猫又に決まりがあるのか？」

「へえ」

こくりと頷き、『江戸の猫又三箇条』を教えてくれた。
一、人間を傷つけてはならない。
一、人間の物を盗んではならない。
一、人間に猫又だと知られてはならない。

ちゃんと罰もあった。

「この掟を破ると、江戸から追い出されるんです」

古株の猫又に仕置きされることさえあるというのだ。歳をとっていればいいというものではないが、やはり長く生きている妖は強いことが多い。古株の猫又ともなれば、その妖力は絶大なものだろう。

「窮屈なものだな」

自由に生きているニャンコ丸が、丸い顔を顰めた。みやびのおやつを盗んでばかりいることを思い出したのかもしれない。

「たいして窮屈じゃありませんぜ。それに滅多な真似をすると、他の猫に迷惑がかかりますからね」

確かに、そうだ。猫又になるのを恐れて、年老いた飼い猫を捨てたという話は珍しくなかった。猫又が人を殺《あや》めたとなれば、江戸中の飼い猫の評判が落ちる。捨て猫やいじめられる猫が増えるだろう。

掟としては納得できる。だが、みやびには疑問があった。そもそもの疑問である。

「わたしやイネ先生に、猫又だってバラしていると思うけど」

「お二人は、普通の人間じゃありませんから」

打てば響くように三毛吉が答えた。その返事は納得できない。

「イネ先生はともかく、わたしは――」

「普通の人間は、妖と一緒に暮らしませんぜ。しかも、さんにんもいるじゃありませんか」

三毛吉に言われてしまった。ニャンコ丸、ぽん太、チビ鳥のことだろう。

「それは――」

改めて反論しようとしたが、今度はイネに遮られた。

「この世に、普通の人間などおらぬ。みんな少しずつ変わっているものだ。変わり者でも安心して生きるがいい」

なぜか慰められていた。変わり者は確定なのか。イネのほうが、ずっと変わっていると思うのだが。

そう言ってやろうとしたとき、三毛吉が割って入ってきた。

「まあ、お二人に正体を見せたのは、それだけが理由じゃありませんよ」

「まだ何かあるのか？」

そろそろ話を聞いているのが面倒くさくなってきたらしく、ニャンコ丸が雑に聞き返した。

「へえ。　実は、近いうちに江戸を離れることになったんです」

「も……もしかして誰かに正体を見られたの？」

みやびがそう聞いたのは、おしゅんのことが頭にあったからだ。

て、町を去る妖は珍しくない。堂々と暮らすニャンコ丸やぽん太のほうが、例外的な存在なのだ。

三毛吉は、首としっぽを横に振って見せた。

「誰にもバレてやしません」

「だったら、どうして？」

「猫又山に呼ばれちまったんですよ」

「呼ばれた？」

「へえ。猫又の先輩方に『さっさと挨拶に行け』と叱られましてね」

「猫又の先輩……。挨拶？　誰に？」

「長老ですよ」

そう言われても分からない。分からない言葉ばかりだった。みやびがきょとんとしていると、ぽん太が注釈を加えるように言った。

「猫又はうるさいんだよ」

「うるさい？」

「いろいろと決まりがあるんだよ。年功序列だしね」

「年功序列……」

妖らしからぬ言葉である。さっきの『江戸の猫又三箇条』と言い、統率が取れているのは確かなようだ。古株の猫又が強いというだけでなく、上下関係に厳しい世界なのかもしれない。

「その点、おいらは自由だよ」

「カァー」

ニャンコ丸同様、こいつらも勝手気ままに生きている。チビ烏は仲間にいじめられていたようだが、廃神社ではのんきにすごしていた。

三毛吉はそれらの言葉を聞き流し、猫又山の説明を始めた。

「飛驒《ひだ》のほうにある山でして、長老たちが暮らしているんです」

「長老？　猫又の長老ってこと？」

「ええと、たぶん、そうじゃないですかね。あっしも行ったことがないのでよく知りやせんが、千年も二千年も生きているお歴々がいらっしゃるそうですぜ」

三毛吉の返事は曖昧だった。猫又の先輩から聞いた話だけのようだ。それにしても寿命が長い。ほとんど神仙の世界である。

「江戸で暮らす猫又は、一度は猫又山に挨拶に行く決まりになっているんだよ」

ぽん太が教えてくれた。狸のくせに、猫又の世界に詳しいようだ。間の抜けた見かけによらず物知りだった。

「ただ挨拶に行くだけじゃなくて、術なんかを教えてくれるみてえですぜ」

三毛吉が、言葉を添えた。すると、ぽん太が頷く。

「うん。修行するんだよ」

山奥で猫又の修行。

ますます浮世離れした話になってきた。

「修行ってことは、ずっと猫又山にいるの？」

「江戸に戻ってくるつもりでいますが、十年かかるか二十年かかるか分からねえんですよ」

一人前の猫又になるためには、それくらいの期間は必要であるらしい。術を習うのだから、簡単にはいかないのだろう。

「本当のことを言うと、二十年で帰って来られるかも分からねえんですよ。長老たちが認めてくれるまで、猫又山で修行することになってやす」

聞けば、百年以上も修行している猫又もいるという。ふたたびニャンコ丸が顔を顰めた。

「ますます面倒だのう。だが、一人前の猫又になれるのだ。術をおぼえれば、妖としての格も上がる。おぬしにとって悪い話ではなかろう」

「へえ……」

頷きはしたが、三毛吉の顔は浮かない。気が進まない様子である。

「ん？　一人前の猫又になりたくないのか？」

「そりゃあ、なりてえですけど――」

と、言葉を濁している。そんな三毛吉に代わって、イネが口を開いた。

「三毛吉は、小吉を心配しておるのだ」

淡々とした口振りで、小吉の置かれた状況を話し始めた。

「こやつがいなくなれば、また独りぼっちになってしまう。いじめられて泣いても、そばには誰もいない」

猫だろうと、そばに抱き締められる存在がいるのは救いになっていたはずだ。それが、いなくなってしまう。この先、小吉は、たった一人で生きていかなければならないのだ。

「あっしの代わりに、小吉を支えてやってくれやせんか。あっしが猫又山から帰ってくるまででいいですから」

三毛吉が頭を下げた。それが、今回の依頼だった。どこから持ってきたのか、依頼料らしき小判を差し出した。

「猫の小判だのう」

ニャンコ丸がドヤ顔になった。上手いことを言ったつもりのようだ。その傍らで、みやびは困っていた。自分がいなくなった後のことを考える三毛吉の気持ちは分かるし、幼くして親を亡くした小吉を哀れにも思う。まだ六つなのだ。誰かの助けは必要だろう。助けたいのは山々だけれど、三毛吉が猫又山から帰ってくるまで十年も二十年もかかるらしい。そんなに長い間、小吉を支える自信はなかった。

そもそも、どうやって支えればいいのかも分からない。明日の食事にも事欠いているような自分が、子どもの世話を引き受けるのは無責任だろう。

みやびは断ろうとしたが、先に返事をしてしまったものたちがいた。

「わしに任せておけっ！」

「おいらたちの出番だねっ！」

「カァーッ！」

ニャンコ丸たちである。小判を勝手に受け取り、すっかりやる気になっている。

みやびは不吉な予感に襲われる。この連中がしゃしゃり出ると、ろくなことがない。

そして当たり前のように、その予感は的中する。

「この猫大人さまが、小吉をいじめる悪ガキどもを懲らしめてやろう」

「おいらの強さを見せてやるよ」

「カァー」

小吉を支えるのではなく、とんでもない方向に進もうとしていた。

「暴力は駄目よ」

みやびは釘を刺した。悪ガキと言っても、話を聞くかぎり十にも満たない子どもたちなのだ。言い聞かせるのならともかく、手を上げては問題だ。

「暴力ではない！　叩きのめすのだ！」

「足腰が立たないようにしてやるね！」

「カァー！」

それを暴力と言うのだ。言葉で解決するつもりはないようだ。まずい方向に張り切っている。

「小さな子どもよ。大人より弱いのよ」

分かりやすく説得したつもりだったが、ニャンコ丸たちには届かなかった。

「弱い者をやっつけるのは得意だのう！」

「おいらも大得意だよ！　弱肉強食だからね！」

「カァー！」

みやびは頭痛に襲われた。話が通じない。いや、通じているのか。通じていて、これなのか。

これ以上、相手をするのも面倒だが、放っておいたら子どもたちが虐待される事件が起こってしまう。

「あんたたち――」

みやびは、ニャンコ丸に手を伸ばした。ぶた猫の首根っこを捕まえて、見世物小屋の檻にでも閉じ込めておこうと思ったのだ。秀次に頼んで、伝馬町牢屋敷《てんまちようろうやしき》に押し込めてもいい。

だが、その手は止まった。ニャンコ丸の首根っこをつかむ寸前に、なんと、イネが膝を打ったのだった。

「その手があったか。悪ガキどもを叩きのめす。うむ。名案だ」

ニャンコ丸たちに賛成したのであった。

「名案って……。あの、イネ先生……」

思わず正気を疑ったが、娘医者は真面目な顔をしている。真面目な顔はいつものことだけれど、こんなに納得しているイネを見たのは初めてだった。

「言い聞かせるより、悪ガキどもを殴ったほうが早い。ニャンコ丸たちの言うとおりだ。叩きのめすのが一番だ」

と、きっぱりと言い放ったのであった。

「でも暴力は――」

「ならば、おぬしが小吉の面倒を見るのか？　三毛吉が帰ってくるまで、十年も二十年も世話をしてくれるのか？」

イネに問い詰められて、みやびは言葉に詰まった。世の中は綺麗事では済まないと分かっていた。しかし、子どもを殴るのは違うような気がする。どう違うのか上手く言えずにいると、話が進んでしまった。

「話は決まりだのう」

「うむ。善は急げだ」

ニャンコ丸とイネが頷き合った。こうして、子ども相手に暴力を振るうことが決まってしまったのであった……。

†

結局、止めることはできなかった。

イネは頭がいいだけではなく、行動力もある。イカれていると言われてしまうくらいに活動的だった。

「善は急げだ」

そんなふうに言って、翌日の昼下がりに、小吉をいじめる悪ガキたちを連れて来た。三人組だった。小吉と同い年くらいらしいが、そのうちの一人は身体が大きく、相撲取りのような恰幅をしていた。米屋のせがれの増次郎《ますじろう》だ。町内の子どもたちの親分格であるらしい。ちなみに、イネはこの三人組の親の病気を治したことがあるらしく、簡単に連れ出すことができたという。

ただでさえ、子どもは医者を怖がる。ましてやイネは、大人にも怖がられている娘医者だ。悪ガキたちは、早くも血の気の引いた顔をしていた。そのせいもあって、それほど悪い子どもたちには見えない。

「いじめちゃ駄目よ」

そう言い聞かせれば済むように思えたが、イネは悪ガキたちと話すことすらしなかった。

「任せたぞ、猫大人。叩きのめしてやれ」

と、ニャンコ丸に下駄を預けてしまったのだった。みやびには、最悪の選択をしたように思えて仕方がない。

ここは深川にいくつもある材木置場の一つだ。ひとけはなく、杉材が背丈の倍ほどの高さに積み重ねてあった。ニャンコ丸たちは、その積み重ねられた杉材のてっぺんに乗っていた。

イネに声をかけられて、ニャンコ丸が返事をした。

「天に仇《あだ》なす悪党どもめっ！　猫大人さまが退治してくれるっ！　覚悟するがいいっ！」

戦国武将が名乗りを上げるように大声を発したのだが、妖の声は、人間には届かない。増次郎たちは、杉材のほうを見もしなかった。

「ほう！　猫大人さまを無視するとは、いい度胸だっ！　手加減無用ということだなっ！」

何やら勝手に決めつけ、杉材のてっぺんからニャンコ丸が飛翔した。

「とうっ！」

丸々と太っているが、ニャンコ丸は意外と身が軽い。くるくると回転しながら宙を舞うように飛び、悪ガキたちの額を肉球で叩いた。

殴ったわけではない。ペタペタと音がする程度の強さだ。痛くはないだろう。これは、ニャンコ丸の術であった。

にゃんぱらりんと着地し、唐土の仙猫が呟く。

「これで、妖の言葉が聞こえるようになったのう」


肉球はんこ。


どんな理屈でそうなるのか分からないが、人間に肉球を押し付けると、妖の言葉が分かるようになるのだった。唐土の仙術であるらしい。

「悪ガキども、驚いたか？」

ニャンコ丸が威張った顔で問いかけると、増次郎が目を丸くした。ちゃんと驚いている。だが、その後の台詞がいけない。

「ブサイクなぶたがしゃべってる……」

子どもは正直であった。本当のことを言ってしまった。

「わしのどこがブサイクだっ!?　どこらへんが、ぶただっ!?」

ニャンコ丸がキレた。納得いかないという顔で怒っているが、どこをどう見てもブサイクだし、ぶたである。

「言ってみろ！　この凜々しい姿のどこに、ぶた要素があるっ？」

増次郎を責め立てる。全力で怒鳴りつけていた。そして、杉材のてっぺんにいたのは、こいつだけではなかった。

「今度は、おいらの番だね」

ぽん太の声が聞こえた。見れば、今日はちゃんと朱色の傘を持っていた。無茶な使い方をするせいで壊れていることも多いが、この日は無事であった。穴一つ開いていないようだ。

「おいらの本気を見せてあげるね！」

無駄に張り切っている。嫌な予感がする。とんでもないことをやらかしそうな予感だ。

（でも相手は子どもだから。本気にならないわよね）

みやびは自分に言い聞かせようとするが、嫌な予感のほうが正しかった。ぽん太が動き出した。

「地獄召喚――」

と呟きながら、傘をくるくる回し始めたのだ。とたんに空が真っ暗になり、風景が一変した。深川の町が消えてしまった。

何度か経験しているが、いまだに背筋が冷たくなる。ぞっとするような深い闇の底から、ぽん太の声がふたたび聞こえた。

「――針の山」

瞬間、それが現れた。ぽん太は、深川の材木置場に地獄の針の山を呼び出したのであった。

その名の通り、針の植えてある山のことだ。そこに罪人を追い込んで苦しめる。信心深いとは言えないみやびでも知っていた。血の池地獄と並んで、知名度の高い場所だろう。子どもでも知っているようだった。

増次郎たちの顔が、恐怖で引き攣《つ》った。お笑い要素の強いニャンコ丸と違い、ぽん太の術は洒落になっていない。この世が終わってしまったかのような雰囲気に包まれた。

しかも召喚したのは、針の山だけではなかった。

「早く登らぬかっ！」

野太い声が響き、ドン、ドンと地べたを叩く音が鳴った。金棒を持った毛むくじゃらの大男たちが、どこからともなく現れたのだった。

「な……何、これ……」

啞然《あぜん》とするみやびに、ぽん太が説明した。

「獄卒だよ」

「ご、獄卒？」

つまり、地獄の鬼どもだ。閻魔《えんま》大王より罪人たちを責める仕事を仰せつかっている連中である。深川の材木置場が、とんでもないことになってしまった。もはや、みやびの手には負えない。悪ガキたちを助けようにも、どうすればいいのか分からなかった。

「早く登れっ！　早く登らぬかっ！」

地獄の鬼どもが金棒を振り回し、増次郎たちを針の山に追い立てる。

「カァー！　カァー！」

チビ烏が獄卒に加勢した。「針の山に登らなければ目を啄むぞ！」と言っているのだ。普段は可愛らしい鳥だが、この状況では、地獄の使いのように見える。

これは恐ろしい。今までに味わったことのない恐怖だっただろう。増次郎たちは泣き出してしまった。鬼が追い立てるせいで座り込むこともできず、涙と鼻水を流して泣いている。いじめっ子でも、幼い子どもの泣く姿はかわいそうだった。

「ふん。泣けば許されると思っておるのか？　今まで、おぬしらのやったことを考えてみよ」

ニャンコ丸が説教を始めた。そのまま言い聞かせるのかと思ったが、そういう猫ではなかった。

「泣いても許さぬっ！　永遠に針の山で苦しむがいいっ！　さっさと登れっ！　わしをぶたと呼んだ罰を受けるがよい！」

年端もいかぬ子どもを恫喝《どうかつ》した。しかも、目的が変わっている。小吉のことを忘れてしまったようだ。

「ひぃ……」

増次郎たちは、腰を抜かした。とうとう地べたに座り込み、痙攣《ひきつけ》を起こしたように泣き出した。泣きながらニャンコ丸に謝ろうとするが、血も涙もない仙猫は聞く耳を持たない。

「泣くなっ！　鬱陶しいっ！　おぬしらが泣いても、一銭にもならぬわ！　ええい、獄卒どもぶん殴ってしまえっ！」

「言われるまでもない！　針の山に登らぬ罪人は、仕置きしてくれる！」

地獄の鬼が、金棒を振り上げた。本気で殴ろうとしている。このままでは、増次郎たちの命が危うい。獄卒に殺されてしまう。

こうなっては、手に負えないなどと言っている場合ではない。目の前で子どもが殺される姿は見たくなかった。

「あんたたち——」

みやびは止めようとした。とばっちりを受けて金棒で殴られることを承知で、獄卒と増次郎たちの間に割って入ろうとした。しかし。

「放っておけ」

と、イネに止められたのだった。言葉だけではなく、みやびの肩をがっしりとつかんでいる。

そのくせ、視線はこちらに向いていなかった。感情の読めない顔で、獄卒と増次郎たちを見ている。そして、そのまま、みやびに命じた。

「手を出すな」

「でも……」

「黙っておれと言っておるのだ」

冷たい声だった。取り付く島もない口振りだ。獄卒を止めにいかないように、みやびの肩を押さえるようにつかみ続けている。

（も……もしかして、悪ガキたちを始末させるつもり？）

みやびはそんなふうに思った。増次郎たちがいなくなれば、小吉がいじめられることはなくなる。一件落着と言えなくもないのだ。それくらいのことを考えかねないイネだった。目的のためには、手段を選ばないところがあった。

「イネ先生、いくらなんでも――」

話をしようとしたが、その時間はなかった。獄卒は、話し終えるのを待ってはくれない。

「頭を叩き割ってやるぞ！」

地獄の鬼が、金棒を振り下ろそうとした。脅しではないだろう。だが、その瞬間のことだった。増次郎たちとは別の、幼い子どもの声が上がった。

「やめろッ！」

今の今まで気づかなかったが、いつの間にやら、小柄な子どもが立っていた。貧相なほど痩せているが、右手に堅そうな薪《まき》を握り締め、思い詰めた顔をしていた。

「小吉だ」

イネが教えてくれた。その声が聞こえたのだろう。小吉が娘医者に気づいた。

「先生……」

目を丸くして驚いている。ここにイネがいると知らなかったようだ。その啞然とした顔は、事態を吞み込んでいないように見えた。

イネは構わず小吉に命じた。

「その薪で増次郎たちを懲らしめてやれ」

†

小吉の奉公先は、風呂屋だ。深川で一番大きな風呂屋で世話になっている。親に死なれた後、引き取ってくれた恩人だ。

江戸っ子は風呂好きで、商売は繁盛していた。客のために大きな風呂を焚くには、たくさんの木屑が必要になる。それを集めるのは、小僧である小吉の仕事だ。風呂屋の主人が話をつけてあり、いくつかの材木置場で木屑を拾うことができた。ただ非力な子どものことで、一度にたくさんは運べない。だから、一日に何度も行ったり来たりする。荷車どころか籠《かご》も使わずに手で持って帰るのだ。

この日も、小吉は木屑を集めにきた。両手で抱えられるだけの木屑を集め、いったん風呂屋に帰ろうとしたときだ。ふいに、周囲の景色が変わった。深川にいたはずなのに、荒涼たる景色が広がったのだった。

「……？」

小吉は戸惑った。何が起こったのか分からずに立ち尽くしていると、どこからともなく針の山が出現し、鬼が金棒を振り回し始めたのだ。絵双紙で見たような地獄の風景が、目の前にあった。

「これ何？」

呟きが漏れたが、いつもと同じように教えてくれる者はいない。救いを求めるように周囲を見ると、増次郎たちがいた。小吉をいじめるガキ大将たちが、地獄の鬼たちにいじめられていたのであった。

金棒で殴られそうになり、さらに、小さな鳥に目玉を啄まれそうになっている。いつも威張っている増次郎が、怯えた顔で震えながら泣いている。獄卒は泣いても許さず、針の山に追い立てようとしていた。

（いい気味だ）

そう思わなかったと言えば、嘘になる。増次郎たちには、毎日のように意地悪されている。親がいないことを馬鹿にされた上に、棒で叩かれ、石をぶつけられ、小吉の身体は痣だらけだ。

思い出すだけでも腹が立つ。棒や石で追いかけ回されるのは、怖くて情けなかった。こうしていても、泣きたい気持ちになる。増次郎なんて大嫌いだ。殺してやりたいと思ったことだって何度もあった。

ふと足もとを見ると、薪が落ちていた。破片というべきか、小吉の手でも握れる大きさだった。

それを拾って近づいていくと、娘医者のイネがいた。そして、小吉に命じるように言ったのだった。

「その薪で増次郎たちを懲らしめてやれ」

†

絶対に止めたほうがいい。

止めるべきだ。小吉が増次郎たちを薪で殴りつけようとするのを、黙って見ているわけにはいかない。みやびは、イネの手を振り払おうとした。

しかし、離れなかった。娘医者の手は、みやびの肩を強く押さえつけていた。華奢《きゃしゃ》な見かけによらず、イネの力は強かった。

「黙って見ておれと言ったはずだ」

「でも……」

「最初に暴力を振るったのは、増次郎たちのほうだ。小吉に石をぶつけたこともあれば、それこそ棒で叩いたこともある。薪で殴られても自業自得というものだ」

仕返しを黙認しろと言っているのだろうか？　復讐させてやれということだろうか？

問い返すように娘医者の顔を見ると、イネが意外な言葉を発した。

「小吉の両親は、わたしの患者だった」

彼女が自分の患者の話をするのは珍しい。そして、みやびは思い出した。確か、小吉の両親は——。

「そうだ。死んでいる。わたしの腕が足らずに死なせてしまったんだ」

娘医者は頷き、静かな声で話し始めた。

†

どんな名医でも、助けられない患者がいる。どんなに腕がよくても、異国の薬を調合できようとも、すべての病気を治せるわけではない。それでも、医者に診てもらえる人間は幸いだ。

医者にかかるには、大金がかかる。薬だって高い。相場もあってないようなもので、十両二十両の金を取る医者さえいた。そのため貧乏人は、病気になっても医者に診てもらおうとしなかった。

その日、イネが大川の堤防を歩いていると、子どもが慌てた様子で駆け寄ってきた。そして、息を切らしたまま聞いてきた。

「イネ先生ですか？」

「そうだ」

返事をした瞬間、子どもが土下座した。額を地べたに擦りつけるようにして、懇願し始めたのだった。

「おっとうとおっかあを助けてください」

「助ける?」

「病気になっちまったんです」

イネの名は、江戸中に鳴り響いている。変わり者だという噂があるものの、子どもでも腕のいい医者だと知っている。

小吉はそんなイネをさがし回ったらしく、汗をびっしょりとかいていた。その汗を拭いもせず思い詰めた顔で言った。

「先生、助けてください! お……お金は、おいらが払います。すぐには払えませんが、一生懸命働いて必ず払います。絶対に払います。だから、おっとうとおっかあを診てください。おっとうとおっかあの病気を治してください」

断られると思っているのだろう。すがりつくような声だった。目には涙が浮かんでいた。

医者も商売の一つだ。金を稼ぐためにやっている者も多く、幼い子どもの言葉を真に受ける医者はまずいない。それに加えて、小吉の身なりはいかにも貧しそうだった。金のある家の子どもではない、と一目で分かる。普通の医者なら相手にしないところだろうが、イネは普通ではなかった。

「案内しろ」

「え？」

自分で頼んでおきながら、小吉は驚いている。

「頭など下げていないで、早く病人のところに連れていけ」

「あの……。お金は……」

小吉の言葉を聞いて、イネは苛立った。金などという下らぬもののせいで、助かるはずの人間が手遅れになる。早く診ていれば助けられたと思うことが、これまで何度もあった。

「金の話はいい！　早く案内しろ！」

「は……はい」

叱責されて目を丸くしたが、すぐに走り出した。

「こっちです。ものすごく貧乏で――」

「余計なことを言う暇があったら、もっと速く走れ！」

ふたたび叱りつけ、イネ自身も走った。小吉の親がどんな病気か知らないが、助けるつもりだった。この腕で治してやるつもりだった。病人を助けられなければ、医者をやっている意味はない。

「どんな様子だ？」

「熱が出て、何を食っても吐いちまって……」

そんなふうに走りながら情報を仕入れ、病気の見当をつけた。

(流行病か……)

疫病のせいで、たくさんの人間が死んでいる。腕のいい医者でも治すことの難しい病気だった。さらに話を聞くと、もう五日も寝込んでいるというのだ。

(まずいな)

表情には出なかっただろうが、イネは必死だった。どうすれば助けることができるかを考えていた。

しかし、駆けつけるのが遅すぎた。手の施しようのないくらい、小吉の両親の病気は進んでいた。食べ物どころか水もろくに受け付けず、いつ死んでも不思議のない状態だった。

助けることのできない患者を前にすると、イネは立ち尽くしてしまう。このときも、そうだった。

なすすべもなく立ち尽くしていると、声が聞こえた。


小吉をお願いします。

あの子を助けてやってください。

それは、意識のないはずの両親の口から発せられた声だった。空耳かと思ったが、視線を向けると小吉の二親がしゃべっていた。

「先生……。お願いします……」

「どうか……。どうか、小吉を……」

いつ死んでもおかしくないのに、声など出るはずもないのに、父母は、我が子のことを思っていた。ろくに話したこともない娘医者に、自分たちがいなくなった後のことを託そうとしている。

こんなとき、返事は一つしかない。不器用な自分に言える言葉は、この世に一つだけだった。

「できるだけのことはしよう」

イネは、死にゆく二人に約束をした。医者なのに、それくらいしかできなかった。

†

小吉は身体も小さいし、力もない。度胸だってない。泣き虫で、何かあるたびに泣いている。

だけど、勇気を振り絞らなければならないときがあることを知っていた。がんばらなければならないときがあることを知っていた。

そのことは、死んでしまった母が教えてくれた。


友達を見捨てちゃ駄目よ。


自分をいじめる増次郎たちが、友達なのかは分からない。違うような気がする。

ただ、母なら友達だと言うだろう。

思い出したのは、母の言葉だけではなかった。


困っている人を助けられる男になれ。

そう言ったのは、父だ。増次郎たちが友達じゃないとしても、困っていることは間違いない。

鬼は怖かったし、針の山には近づきたくなかったけれど、両親の言葉を無視することはできない。泣いている増次郎たちを見捨てることはできない――。

小吉は大きく息を吸って、声を張り上げた。

「増次郎たちをいじめるなっ！」

掠れたけれど、大声を出すことができた。もう後戻りはできない。小吉は薪を振り回し、鬼に突進しようと走り出した。獄卒たちを退治してやるつもりだったのだ。

講談や芝居、絵双紙なら、鬼と戦う場面に移るところだが、小吉は喧嘩が苦手な子どもだ。身体を動かすのだって得意じゃない。今まで棒を振り回したことだってなかった。

そんな小吉が急に慣れない真似をしたものだから、足がもつれて転んでしまった。派手に転んだのだった。

しかも間の抜けたことに、握っていた薪を離してしまった。力いっぱい振り回していたせいで、薪は勢いよく飛んでいった。まだ何もしていないのに、武器を失ってしまった。

最初から無茶な戦いだったが、もはや勝ち目はない。鬼のそばに行く前から絶体絶命であった。

(どうしよう……)

転んだ格好のまま泣きべそをかいていると、ビリッと何かが破れるような音が聞こえた。そして、悲鳴が上がった。

「おいらの傘がっ!!」

悲嘆に暮れた声だった。立ち上がりそっちを見ると、狸が破れた傘を抱いて泣いていた。

すぐそばには、小吉の持っていた薪が落ちている。どうやら、転んだ拍子に放り投げた薪が命中したようだ。

(やっちゃった……)

頭を抱えたくなった。わざとではないとはいえ、傘を壊してしまったのだ。泣いている狸に謝ろうとしたときだった。

ふいに景色が歪み、針の山が消え、地獄の鬼たちがいなくなった。目になじみのある深川の材木置場の風景が戻っていた。

「た……助かった？」

思わず呟いたが、甘かった。獄卒が消えても、困難は残っていた。本当の敵は、地獄の鬼ではなかった。

†

「おいらの傘を壊したねっ！」

「妖の持ち物に穴を開けるとは、いい度胸だのう！」

「カァー！」

ぽん太が言い、ニャンコ丸とチビ烏が因縁をつけた。破落戸と化した妖さんにん組が、小吉を取り囲んだのであった。

（また始まった）

みやびはため息をついた。いつだって、この調子だ。悶着《もんちゃく》を起こさないと気が済まない連中なのだ。

やっぱり、ろくなことにならなかった。小吉を助けに来たはずが、脅しつけている。もはや最初の設定は忘れてしまったのだろう。

「落とし前をつけてもらおうかのう」

「弁償だねっ！」

「カァー！」

と、しきりに責め立てている。まあ、小吉の持っていた薪が飛んで、ぽん太の傘が壊れたのは事実だ。

でも、それは不可抗力というものだろう。みやびに言わせてみれば、地獄を召喚するほうが悪い。

小吉は真面目な子どもだった。ニャンコ丸たちの言葉を真に受けて困っている。

「弁償だなんて……」

風呂屋の小僧として働いているとはいえ、給料はもらっていないだろう。ぽん太の傘がいくらなのかは知らないが、普通の傘だって買えないはずだ。

「金がないなら、腕の一本ももらっておこうかのう」

「そうだね」

「カァー」

本格的に破落戸だ。腕をもらったところで仕方ないだろうが、性格の悪いニャンコ丸のことだから本当にやりかねない。ぽん太やチビ烏も、その影響を受けている。

「右腕と左腕、どちらをもらおうかのう」

「おいらの傘を壊したんだから、両腕をもらってても足りないね」

「カァー」

与太者のように言って、小吉との距離を詰めていく。完全にその気になっている。調子に乗りすぎである。

「あんたたち、いい加減に――」

今度こそ止めに入ろうとした。もうイネもみやびの肩を押さえていない。ニャンコ丸たちを懲らしめることはできる。

だが、その声はかき消された。みやびの出番ではなかった。

「弁償はおれがするっ！　小吉に手を出すなっ！」

大声を上げたのは、いじめっ子の増次郎だった。顔を真っ赤にして、ニャンコ丸たちのほうにやって来た。妖であるニャンコ丸たちに怯えてはいるようだが、もう泣いていない。

「ほう。おぬしが弁償するのか？　金を持っておるのか？」

「おいらの傘は高いよ。命の次に大切にしていた傘だからね」

ニャンコ丸とぽん太が、増次郎に応じた。すっかり悪役が板についている。これが本性なのかもしれない。

「カァー！」

チビ烏までが、柄が悪くなっている。こんな連中に囲まれるのは、子どもにとって悪夢だろう。

しかし、増次郎は退かなかった。ニャンコ丸たちから目を逸らさず、

「お銭《あし》は持ってねえっ！　でも、弁償はできるっ！」

と、大見得を切るように言ったのであった。ガキ大将だけあって、肝が据わっている。

言われた台詞が分からなかったのだろう。ニャンコ丸たちが首を傾げた。

「金がないのに弁償はできるとは、どういうことだ？」

「さっぱり分からないね」

「カァー？」

いつの間にか風向きが変わっている。妖たちが戸惑い、増次郎が主導権を握っていた。アホなのがバレてしまったのかもしれない。

「今から話す」

増次郎はそう答え、仲間に声をかけた。

「おい、傘松《かさまつ》」

　と、彼よりも頭一つ小さい、色白の子どもを呼んだ。まだ泣いていたらしく、鼻をグズグズさせている。増次郎ほど肝は据わっていないようだ。それでも呼ばれて、こっちに歩いてきた。

「こいつは、傘屋のせがれだ。新しい傘を作ってもらえる」

「新しい傘？　本当？」

　ぽん太が食いついた。新しい傘が欲しい、と顔に書いてある。傘松が、おずおずと答えた。

「う……うん。おいら、跡取りだから、傘の一つや二つくらい大丈夫。飛び切りの傘を作ってもらうよ」

「飛び切りの傘？　ど、どんな傘？　それって、どんな傘なの？　ねえ、どんな傘をくれるの？」

　早くも、ぽん太は夢中だ。勢いあまって、破れた傘を放り投げていた。地べたに落ちたが、見向きもしない。命の次に大切とは、何だったのだろうか？

「そんなもので、わしは騙されぬぞっ！」

「カァー！」

ニャンコ丸とチビ烏が、しつこく大声を上げた。何の迷惑も被っていないくせに、増次郎への抗議を続けようとする。

「おまえらは関係ないだろ？」

と切れてもいいところだが、増次郎は違った。子どもであろうと、「大将」と呼ばれる人間はさすがだった。立ちどころに、ニャンコ丸とチビ烏の弱点――アホで意地汚いところを見抜いたらしく、秘密を打ち明けるように言った。

「傘松の家は、うちの隣なんだ」

「だから何だ？」

「うちは米屋で、婆ちゃんはぼた餅を作るのが得意って話さ」

本当にさすがだ。その言葉は、食い意地の張ったニャンコ丸とチビ烏の琴線に触れる。

「米屋のぼた餅……」

「カァー……」

喉をゴクリと鳴らし、よだれを垂らさんばかりの顔になった。あっという間に陥落寸前である。

その様子を見て、増次郎が駄目を押す。

「一緒に来てくれれば、そのぼた餅をご馳走するぜ」

「なんと！」

「カァーッ!?」

ニャンコ丸とチビ鳥の怒りが消え去り、しっぽと尾っぽを振り出した。これはこれで恥ずかしい。

とりあえず小吉は危機を脱したようだ。話についていけないのか、ポカンとした顔で見ていると、増次郎が声をかけた。

「小吉、おまえも来いよ」

と誘ったのだった。それから小さな声で「今まで悪かった」と謝った。ちゃんと頭も下げている。

子どもは素直だ。自分たちを助けようとする小吉を見て、いじめていたことを反省したのだろう。小吉は、あの小さな身体で獄卒に向かっていった。転んでしまったのは愛嬌だが、誰だって見直す。

(これが狙いだったんだ)

みやびは今さら分かった。増次郎たちを懲らしめたところで、小吉が独りぼっちのままでは意味がない。おそらくイネはそこまで考えたのだろう。

そして感心したことに、小吉は恨み言を言わなかった。散々、いじめられて悔しい思いをしただろうが、増次郎の謝罪を受け入れた。

「うん。ありがとう」

礼を言ってから、笑顔で付け加えた。

「でも、先に行っておくれよ。一度、風呂屋に帰んなきゃ駄目だから。おかみさんに聞いて、大丈夫そうだったら行くね」

「ああ、そうか。そうだな」

増次郎は頷いた。小吉の境遇を知っているだけに、無理は言わない。小吉は、いつでも遊べる子どもではないのだ。

「じゃあ平気そうだったら来いよ。うちのぼた餅は旨えからさ」

すっかり小吉を仲間扱いしている。子ども同士は、ちょっとしたきっかけで仲よくなるようだ。

「無駄話をしていないで、さっさと行くぞっ！」

「おいら、傘がないと泣いちゃうよ！」

「カァー！」

我が家の妖たちは、どこに出しても恥ずかしい。もはや小吉のことなど頭にないようだ。食欲と物欲に支配されている。

「分かったよ」

増次郎は頷き、ふたたび小吉に言った。

「先に行ってるからな。来てくれよ」

念を押すような言い方だった。

「うん」

小吉は頷き、増次郎はニャンコ丸たちを引き連れて材木置場を後にした。嵐が去ったように、急に静かになった。

†

（ん？）

みやびは首を傾げた。不思議なことがあったのだ。いったん風呂屋に帰ると言ったくせに、小吉は材木置場から動かない。増次郎たちを見送っているのかとも思ったが、そうではなかった。彼らがいなくなるのを待っていたのだ。

増次郎たちの背中が見えなくなると、小吉は息を吸い込み、少しだけ大きな声を出した。

「三毛吉、いるんだろ？」

「……え？」

思わず声が出た。小吉は、なんと猫又の名前を呼んだのであった。息を呑むみやびの傍らで、イネは黙って少年を見ている。こうなることを予想していたのだろうか。娘医者は驚いていない。

「おまえに話があるんだ。出て来ておくれよ」

小吉が請うように続けた。さっきから一言もしゃべっていないが、三毛吉も材木置場に来ていた。小吉は、それを知っていたのだ。

少しの沈黙の後……。

「みゃあ」

三毛吉が普通の猫のように鳴き、材木置場の陰から出た。その姿は、どこにでもいる冴えない猫だった。妖には見えない。正体を知っているみやびでさえ、ただの野良猫に見えた。

そんな三毛吉に向かって、小吉が問いかける。

「おまえ、人間の言葉が分かるんだろ？」

完全に正体を見抜いていた。

(そう言えば……)

小吉は肉球はんこを押されていないのに、ニャンコ丸たちと話していた。ゴタゴタしていたこともあり、そのときは不自然に思わなかったけれど、今になって気づいた。

(この子、妖の言葉が分かるのね)

実は、それほど意外なことではなかった。


七つ前は神の内。


そんな諺《ことわざ》がある。

七つ前の子どもは、神に属する存在だという意味だ。子どもの死亡率の高い時代のことで、いつ死んでも不思議はないという悲しい意味も含まれているが、それ以前に、やっぱり大人とは違う生き物なのかもしれない。

妖や幽霊を見ることのできる子どもは多い。だが、大人になるにつれて見えなくなり、やがて見たことさえ忘れてしまう。

三毛吉が返事に困っていると、イネが口を挟んだ。

「その通りだ。三毛吉は、人間の言葉が分かる」

あっさりとバラしてしまったのであった。小吉は軽く頷き、子どもらしい言葉で質問した。

「化け物なの？」

三毛吉に聞いたのだろうが、猫又は黙っている。その代わりのように、イネがふたたび答えた。

「似たようなものだが、こやつは猫又というやつだ」

「猫又……」

小吉が言葉に詰まった。薄々ながら分かっていたことだろうが、面と向かって言われると驚きがあるようだ。

イネは話を進める。

「三毛吉は、もうすぐ猫又山に旅立たねばならぬ」

「猫又山？」

「一人前の猫又になるために修行する場所だ。遠くにある」

「……本当？」

小吉は、三毛吉の顔を見た。手習いに行ってなかろうが、頭のいい子どもだった。ちゃんとイネの話を理解している。

「ああ、本当だよ」

三毛吉が答えた。とうとう人間の言葉を話してしまった。妖であることを認めたのだ。

小吉は驚かなかった。ただ、すがるように聞いた。

「もう帰って来ないの？　江戸に戻ってこないの？」

「いや、帰って来るつもりだ。ただ、十年先になるか二十年先になるかは分からねえんだよ」

三毛吉は嘘をつかずに返事をしている。

「十年……。二十年……」

呟いた小吉の声は、迷子になった子どもみたいに途方に暮れていた。六つの子どもにとって、十年先は遠すぎる。ましてや二十年後なんて――。

そんな小吉に向かって、イネが言葉を発した。

「わたしが、話をつけてやってもいいぞ」

「話をつける？」

「そうだ。三毛吉が猫又山に行かずに済むように、猫又の長老とやらに頼んで来てやろう。飛騨なら知り合いの薬売りがいる。そやつに案内させれば、猫又山にも行けるだろう」

滅茶苦茶なことを言い出した。しかし、この娘医者なら、やりかねない。猫又の長老くらい説得しそうであった。

小吉は考える顔をしたが、すぐに首を横に振り、きっぱりとした口振りでイネの提案を退けた。

「イネ先生、駄目だよ。そんなことをしたら、三毛吉が一人前の猫又になれなくなっちまう」

「ほう。妖のことを心配するのか」

「三毛吉は、おいらの友達だから。大切な友達だから。友達のことを心配するのは当たり前だよ」

自分に言い聞かせるような口振りだった。離れたくなかろうが、ぐっと我慢をしている。どこまでも立派な子どもだ。

「ふむ。そうか。当たり前か」

イネは独りごち、少年に命じるように言った。

「ならば、三毛吉に言葉をかけてやれ。別れの言葉を言うがいい」

「う……うん」

小吉はこくりと頷き、大好きな猫又に別れの挨拶を始めた。

「おいら、がんばるからさ。泣かないようにがんばるからさ。三毛吉も一人前の猫又になりなよ」

泣かないようにがんばると言いながら、小吉の目は、涙でいっぱいだった。それでも笑顔を作っている。遠くに行ってしまう三毛吉に心配をかけないように、笑おうとしているのだ。

「あっしを励まそうなんぞ十年早えや」

三毛吉は答えた。その目には、大粒の涙が光っていた。妖でも泣くことがあるのだ。

†

数日後、三毛吉は江戸を離れた。

小吉は、相変わらず風呂屋で働いている。増次郎たちと遊ぶようになり、子どもらしく笑うことも増えた。

イネが風呂屋の主夫婦に何か言ったみたいだが、その内容までは知らない。ただ遊ぶ時間が増えて、小吉は手習いに行けるようになった。寺子屋でも、何人かの友達ができたようだ。

「別れがあれば、出会いもあるということだのう」

ニャンコ丸が静かに呟いた。

第三話　落ち武者

今となっては昔のことだが、蟹本《かにもと》家は関ヶ原《せきがはら》の合戦で手柄を立てた。石田三成の配下を一刀のもとに斬り捨てたという逸話が残っている。家康自ら褒美を取らせたという。

平和な世の中となった今でも、千五百石の直参の地位を保っていた。何代目かの当主・蟹本十太夫《じゅうだゆう》は三十にもなっていないが、幕府の御目付衆を務めている。今どきとしては珍しい偉丈夫だった。六尺（約百八十センチ）あまりの大男で、剣術が自慢だ。

「わしに勝てる武士は、江戸にはおらぬ」

と、自負していた。実際、かなりの腕前だった。一昨年の御前試合では、三人抜きを鮮やかに決めて見せた。

「生まれる時代を間違ったような豪傑だな」

将軍にそう言わしめたのだった。

御前試合を見る前から、将軍は十太夫を知っていた。何しろ御目付は、自分の意見を将軍に直接に申し立てることができる。老中さえも一目置くほどの威勢がある役職だ。剣術の達人である上に、重職にも就いている。十太夫に逆らう者は、まずいなかった。

そんな蟹本家の下屋敷は、深川の外れにあった。横川を下った先の寂しい一角だ。田舎だと馬鹿にする者もいるが、このあたりに下屋敷は多い。江戸城から離れていることもあって、のんびりするにはうってつけの場所だからだろう。

十太夫は、この下屋敷を気に入っていた。他の役人の目も届かず、自由に振る舞うことができた。

この日、十太夫は大名家から接待を受け、下屋敷への帰路を歩いていた。家来もつれず、駕籠《かご》も断った。月の明るい夜のことで、提灯も持っていなかった。

「型破りな豪傑」

そう呼ばれる所以《ゆえん》の一つだ。幕府の重職に就いている人間としては、あり得ない行動だった。十太夫以外の重臣たちは、ぞろぞろと家来を連れて歩く。それが当たり前でもあった。

だが、何もかも断ったわけではない。懐には、大名家からもらった金子《きんす》が入っている。御目付衆を務めていると、金が勝手に集まってくる。十太夫は袖の下を断ったことがなかった。

さらに大名家で上等の酒を振る舞われ、十太夫は上機嫌だった。気分がいいのは、金と酒だけが理由ではない。

「そなたこそ、江戸で一番の剣術使いだ。戦国時代の豪傑でさえ、蟹本十太夫を前にしては逃げるしかなかろう」

酒の席で、大名は誉めそやした。十太夫は、強い男だと言われることが好きだった。大名家を辞した後も、その余韻が残っていた。

「ふん。わしが強いのは事実だがな」

鼻息荒く独り言を言った。そうして上機嫌のまま、永代橋《えいたいばし》のそばまで来たときのことだ。

——ふいに、月が雲に隠れた。

酒を飲みすぎたせいだろうか。一瞬、目の前に暗幕が下りたように、何も見えなくなった。

「ちっ」

十太夫は、乱暴に自分の目をこすった。すると暗幕が消えた。そして、その男が現れたのだった。

（落ち武者？）

最初にそう感じた。現れた男は、甲冑を身に着け、面頬《めんぽお》を付けていた。そのせいで顔立ちも体格も分からないが、背丈は高かった。十太夫より大きいくらいだ。

ひとけのない夜道で、甲冑を着た男が現れたのだから、腰を抜かしても不思議のないところだが、十太夫は肝が据わっている。深川に下屋敷を構えているだけあって、無礼な連中どもにも慣れていた。

「何の真似だ？　わしに用があるのか？」

問いながら刀の鯉口《こいぐち》を切った。馬鹿者はどこにでもいる。その馬鹿者の一人に絡まれたと思ったのだ。

今までも絡まれたことがあった。さすがに甲冑を着た馬鹿者に出会ったことはなかったが、金目当てに悪事を働く連中はいくらでもいる。一人歩きが好きな十太夫は、標的にされやすかった。

しかし、目の前に現れた男は、金目当てではなかった。唐突に説教を始めたのだった。

「目付ともあろう者がだらしなく酒に酔い、袖の下を取るとは何事だっ！　武士も落ちたものよ！　世も末ぞ！　関ヶ原で勇敢に戦った先祖に申し訳が立たないと思わぬのかっ！」

目付という身分だけではなく、先祖のことまで知っていた。ただの破落戸でないようだ。

十太夫は油断なく言葉を返した。

「わしを蟹本十太夫と知った上での狼藉《ろうぜき》のようだな」

「狼藉だと？　ふん、言葉を知らぬと見える。きさまに道理を説きに来たのだ。阿呆に言っても分からぬだろうがな」

鎧武者に鼻で嗤《わら》われた。十太夫を完全に馬鹿にしていた。

十太夫は腹を立てた。見知らぬ男に無礼なことを言われて、黙っているわけにはいかない。蟹本十太夫の名が廃《すた》る。

「ふざけたことを」

低く呟いてから、鯉口を切ったばかりの刀を抜いた。目の前の男を斬るつもりだった。

——斬り捨て御免《ごめん》。

武士の特権だ。この時代、無礼を働いた下士・町人・百姓などを斬り捨てることが許されていた。もちろん詮議はあるが、真夜中に甲冑を着てウロウロしているうつけを斬ったところで、十太夫を咎める者はいないだろう。

（ちょうどいい。人を斬ってみたかったところだ）

平和な時代に生まれた剣術使いの多くは、真剣での勝負をしたことがなかった。十太夫も同様だ。御前試合でさえ木刀だった。

過去に夜道で絡まれたときは、面倒を嫌って刀を抜かなかったが、この日にかぎっては容赦しないつもりになっていた。愚弄されたのだから当然だ。酒に酔っていたこともある。

（人を斬れば、箔がつく）

そうも思った。この時代、人を斬ったことのある武士は滅多にいない。刀を抜かずに生涯を終える武士も珍しくなかった。

「覚悟するがいい！」

叫ぶなり、いきなり斬りつけた。鎧武者の脳天目がけて、刀を振り下ろした。はったりではなく、本気で斬るつもりだった。

「くたばれっ！」

裂帛《れっぱく》の気合とともに渾身の力を込めた一撃だった。御前試合では、誰一人として十太夫の一撃を躱《かわ》せなかった。

しかし、目の前の男を斬ることはできなかった。

「ガッ」

と鈍い音が鳴り、岩を叩いたような痛みが手に走った。十太夫の両手が痺れて感覚がなくなり、刀を落としてしまった。

「きさまは馬鹿なのか」

鎧武者が呆れた口振りで言った。刀が当たったはずなのに、怪我一つしていないようだった。痛がってさえいない。

「どこに刀を打ち込んでおる？　兜を斬れるわけがなかろう。戦《いくさ》に出たことがないようだな」

ふたたび鼻で嗤われたが、斬る場所を誤ったわけではなかった。兜を斬れると思っていたのだ。

「兜割り」

と、呼ばれる試し斬りがある。その名の通り、兜を刀で斬ることだ。十太夫は、何度も兜を斬っていた。簡単に斬れるはずだったのに、疵一つ付けることができなかった。

「しかも、そのへっぴり腰は何だ？　女子《おなご》でも、もっと腰が据わっておるぞ」

「…………」

言いたい放題の言われようだが、手が痺れて刀を拾うことができず、言い返すこともできない。兜を斬れなかったのも事実だ。正直に言ってしまえば、十太夫は恐怖に襲われていた。

（敵わぬ……）

酔いが覚め、今ごろになって目の前の男の強さを感じていた。両手が震えるのは、痺れのせいばかりではないだろう。

「ふん。だらしがない。きさまは、偽物の武士だ。髷《まげ》などいらぬだろう」

鎧武者が刀を抜き、刀を振り上げながら、その言葉を呟いた。

ちょんまげ、ちょうだいする。

そして刀が振り下ろされたが、蛇に睨まれた蛙のごとく、十太夫は動くことができなかった。

†

「おめえさんのことはよく知ってるぜ。調べさせてもらった。江戸で一番の御用聞きだって聞いたぜ。町奉行所の与力や同心が束になっても敵わぬほど腕が立つんだってな」

苦み走った四十すぎの男が、秀次に言った。伝法な口調だったが、心の底からそう思っていると分かかった。

「と……とんでもねえですよ……」

否定しようにも、言葉が出てこなかった。深川一帯を縄張りにする御用聞きの秀次は、大汗をかいていた。いつもなら、相手が誰だろうと平然としている秀次が、すっかり緊張していたのだ。

いつも秀次は懐に銀狐を入れているが、はるか目上の人間と会うということで長屋に置いてきた。それほどの相手を前にしていた。

高い地位にあるというだけではない。無頼のような口の利き方をしているが、目の前にいる四十すぎの男は、秀次にとって雲の上の存在だった。また、男として憧れてもいた。

「謙遜はいい」

と男は遮り、なんと町人である秀次に頭を下げたのであった。

「おれに力を貸しちゃくれねえか。この通りだ」

「か、勘弁してくださいい！　あっしなんぞに頭を下げねえでください！　そんな真似をされたら、困っちまいますよ、長官《おかしら》」

秀次は慌てた。心ノ臓が止まりそうだった。人払いされているからいいようなものだが、誰かに見られたら騒ぎになってしまう。御用聞き風情に頭を下げてはならない男なのだ。

長官。

それが、この男の役職だ。秀次の前にいるのは、四百石の旗本であり、江戸で評判の英雄である。

火付盗賊《ひつけとうぞく》改《あらため》 長官・長谷川《はせがわ》宣以《のぶため》。

その他にも、いろいろなふうに呼ばれていた。例えば町人たちからは、こう呼ばれている。

「本所《ほんじょ》の平蔵《へいぞう》さま」

そして、江戸の悪人たちには、

「鬼」

と、恐れられていた。もちろん本物の鬼ではない。鬼のように恐ろしい男という意味だ。

もっと言えば、〝宣以〟よりも、通称である〝平蔵〟という名前で呼ばれることが多い。若いころ、本所をねじろに遊びまわっていたことから、〝銕三郎《てつさぶろう》〟という幼名のまま、

「本所の銕」

と呼ぶ連中もあった。

秀次は、その長谷川平蔵の屋敷に呼ばれていた。座敷にあげられ、昼間だというのに酒が出ている。

「部下でもねえのに、頼み事があって呼んだんだ。わざわざ来てもらったんだから、酒を振る舞うくれえは当たり前《めえ》だろ。さあ、飲んでくれ」

長谷川平蔵は言った。部下でないというのは、その通りである。秀次は、火付盗

賊改とは何の関係もない。

火付盗賊改は、江戸市中および近在を巡回して火事の予防や盗賊の取締りなどを司っている。町奉行所と似ているようだが、大きな違いがあった。

町奉行所は、将軍お膝元の江戸の平和を保つことを第一に考える。そのため犯罪者を捕まえるよりも、犯罪が起こらないように見回りに力を入れる傾向にある。町奉行所の同心に雇われている御用聞きとしては認めたくないが、賄賂で罪を逃れることもできた。

一方、火付盗賊改は、どこまでも悪と戦うのが使命である。縄張りもないようなもので、他国へ犯罪者を追いかけることもあった。袖の下は、まず受け取らない。差し出すだけ無駄である。

さらに、もう一つ違いがあった。火付盗賊改でも、町奉行所と同じように町人を手下に使うことがあるが、「御用聞き」でも「岡っ引き」でもなく、

「密偵《みってい》」

と、呼ばれていた。

火付盗賊改の手下と明かさずに捜査することも多いためだ。いわゆる潜入捜査もよく行われているようだ。

秀次は、その密偵にならないかと誘われていた。しかも、長谷川平蔵直属の部下としての誘いだった。

（いきなり言われてもなあ……）

困り果てていた。長谷川平蔵は憧れの男だが、父親の代から御用聞きであることもあり簡単には返事はできない。秀次は曖昧に話をやりすごそうとしたが、長谷川平蔵の押しは強かった。

「ずっとじゃなくてもいい。もちろん、これから先も働いて欲しいが、とりあえず今回だけでも力を貸してくれねえか」

犯罪捜査に関わる者として名誉なことだ。あの長谷川平蔵に頭を下げられて悪い気もしなかったけれど、どうしても引っかかることがあった。

「今回ってのは、もしかして――」

「うむ。そのもしかしてだ」

長谷川平蔵は頷き、その事件の名前を口にした。

「〝髷斬り〟を捕まえて欲しい」


偽物の武士に髷はいらぬ！

ちょんまげ、ちょうだいする！

町人たちの間で、そんな言葉が流行っている。子どもたちがチャンバラごっこをするときに、決め台詞のように言うのだった。

秀次自身の耳でも、何度か聞いていた。これは、長谷川平蔵が〝髷斬り〟と呼んだ男の言葉とされているものだった。

先月、幕府御目付衆の蟹本十太夫が襲われたのを皮切りに、町奉行所の与力や大名家の剣術指南役などの髷が斬られる事件が続いていた。犯人は、甲冑を着て現れるというのだ。

町人たちの間で人気者になっているのは、決め台詞が垢ぬけていることもあるけれど、誰も殺していないというところが大きかった。

「髷だけ斬るのは、人を殺すより難しい」

本所の銕——長谷川平蔵も分かっているようだ。彼自身、剣術の達人であり、お役目柄、腕の立つ悪党とやり合うことも多い。悪党の強さを見抜く目は確かだった。

そんな男が、確信に満ちた口振りで秀次に続けた。

「下手人は侍だな。腕の立つ浪人かもしれぬ。蟹本のことは知っておるが、あれを赤子扱いするとは、人間離れした強さだ」

その話を聞いて、一人の男の顔が、秀次の脳裏に浮かんだ。はっきりと浮かんだのは、平蔵の話を聞く前から、その男のことが頭にあったからだろう。

――浪人。

――人間離れした強さ。

両方の条件に当てはまる男を、秀次は知っていた。しかも、その男は姿を消している。

「神名九一郎」

秀次は、拝み屋の名前を声に出さずに呟いた。〝髷斬り〟の正体を、九一郎だと思ったのだ。剣術使いではないが、その気になれば刀くらい使えそうに思えた。それくらい規格外の男だった。

そう思ったことが顔に出てしまったのだろう。長谷川平蔵が問うてきた。

「心当たりがあるのか？」

†

秀次は、急に人気者になったようだ。平蔵と会った翌日、今度は町奉行所の同心の下屋敷に呼ばれた。

「お奉行も与力も、おればかり当てにするのだ」

榎田《えた》同心は、カマキリに似た顔を歪めて見せた。笑ったつもりのようだ。この男が笑うと、悪巧みをしているとしか思えない顔になる。男らしさの欠片もない男なのだ。

「秀次、おまえも鼻が高かろう」

と勝手なことを言い出した。

御用聞きは、幕府の正式な役職ではない。与力や同心の私的な奉公人という建前になっていた。秀次は、榎田から十手を預かっている。つまり、この男の奉公人だった。主人の評価が高いのはうれしいだろう、と榎田の馬鹿は言っているのだ。

このとき、秀次は庭先に控えていた。榎田は、屋敷の廊下から秀次を見下ろした格好で自慢話をしている。父の代から仕えているので、それなりに長い付き合いになるのだが、屋敷に上げてもらったことは一度もなかった。もちろん酒を振る舞われたこともない。

（長谷川さまとは、えらい違いだぜ）

比べても仕方のないことと分かってはいたが、比べてしまう。配下に対する態度だけではない。

「〝髷斬り〟を捕まえて欲しい、と御奉行に頼まれてな」

息を吐くように嘘をつくのだった。

（しかも、すぐバレる嘘をつくんだからな）

ため息も出なかった。町奉行が、この男を頼るわけがなかった。

（野良犬を当てにするほうが、ましだろうぜ）

そう評価しているのは、秀次だけではなかろう。榎田は同心を務める傍ら、高利貸しをやっている。ただ金を貸しているだけなら珍しいことではないが、そのやり口があくどかった。過酷な取り立てに困り果て、首をくくった者さえいる。たびたび問題になっていた。

それが、とうとう町奉行の知るところとなり、榎田は同僚の前でお叱りを受けた。温厚な町奉行が罵るように叱ったという。最初から潰れかけている面目が、もはや丸潰れであった。

（手柄を立てて汚名返上するつもりだろうさ）

熟練の御用聞きである秀次は、町奉行所の情報をつかんでもいたし、榎田の考えていることを見抜いてもいた。

手柄を立てようとすること自体は悪くない。問題は、榎田が自分で何もしない男だというところだ。

（おれに押し付けるつもりだろうな）

毎回のように仕事を押し付けられていた。榎田は命じるだけで、自分で考えたこともない。

だが、今回ばかりは少し違っていた。

「捕まえるべき男は分かってる」

と言い出したのであった。自信たっぷりの口振りである。秀次は眉を顰《ひそ》めそうになった。

町奉行所の同心を務めていると言っても、世襲したものにすぎず、榎田がお役目に熱心だったことはない。また、捕り物の筋も悪かった。

そんな男が、長谷川平蔵でも手を焼いている〝髷斬り〟の手がかりをつかんだというのだ。

（嘘くせえ……）

そう思ったが——嘘だと確信したが、仮にも雇い主だ。身分も違う。さすがに口に出しては言えず黙っていると、榎田が大威張りで続けた。

「おまえは分からんのか？　江戸で指折りの御用聞きという評判も当てにはならんなあ。情けない」

言いたい放題である。確かに、こんな男に使われている自分は情けない。馬鹿馬鹿しい気持ちを抑えて、秀次は頭を下げて見せた。

「すみません。あっしに犯人を教えてやっちゃくれませんか」

下手に出ると、榎田の鼻の穴が広がった。

「ふん。よかろう」

偉そうに頷き、ふんぞり返った姿勢で、〝髷斬り〟の正体を口にした。

「毒蛇《どくへび》の喜十郎《きじゆうろう》さ」

（なるほど。そう来たか）

秀次は感心した。榎田にしては上出来の推理だった。喜十郎はそろそろ四十になるだろうか。本所から深川にかけての元締めのような男である。いったん姿を消していたが、ふたたび戻ってきた。べったりと白粉《おしろい》を塗っていて、顔つきは蛇に似ている。

（ただなあ……）

喜十郎が悪党であることは疑いないが、〝髷斬り〟かと言われると疑問がいくつも出てくる。秀次は、その疑問の一つを口にした。

「喜十郎の野郎は、刀を使いますかねえ」

武士ではないのだ。

「実際に使っておるではないか」

榎田は決めつけている。理屈も何もあったものではない。いや、理屈らしきものはあった。

「甲冑を着て、武士の髷を斬る。いかにも喜十郎のやりそうなことだ。あの男は、武士を馬鹿にしている」

この点は否定できない。喜十郎は武士だけでなく、いろいろな人間を馬鹿にして生きている。しかし。

「甲冑ってやつは重いんじゃないんですかい？　破落戸風情がそれを着て、刀を振り回せるとは思えねえんですが」

しかも、髷だけ斬るという神業を披露しているのだ。

「細かいことは、捕まえてから吐かせればよかろう」

榎田が苛立たしげに応じた。乱暴だが、珍しい発想ではない。この時代、疑いがあれば証拠はいらない。それらしき悪党を引っ張って、拷問にかけることも許されていた。ましてや喜十郎は札付きだ。いきなり牢屋に入れても、何なら縛り首にしても、誰も文句は言わないだろう。

「しかしですね……」

秀次が首をひねった。やっぱり、ぴんと来なかったのだ。すると、榎田が痺れを切らしたように怒鳴り声を上げた。

「御用聞き風情が、文句を言うな！」

「文句じゃなくてですね——」

「うるさい！　黙れと言っておるのだ！　四の五の言わずに、さっさと喜十郎を捕まえて来いっ！　おまえは言われたことをしていればいいんだ！　喜十郎が犯人で決まりだ！　おれがそう決めたのだ！」

榎田は顔を真っ赤にしていた。こんな男に使われている秀次は、不幸な御用聞きだった。江戸で一番不幸な御用聞きかもしれない。

「こん……」

懐でおとなしくしていたギン太が、秀次にしか聞こえない声で鳴いた。銀狐にも同情されているようだ。

†

深川は、流れ者の多い土地柄でもある。江戸城近くに比べて取締りが緩いせいか、悪人が集まりやすい。

四郎《しろう》も、どこからともなく深川に流れてきた男だ。ぞっとするほど美しい顔立ちをしており、

「役者の四郎」

などと巷《ちまた》で呼ばれている。人形のような顔立ちの優男だが、凶暴な男だった。邪魔者は平然と殺す。女でも子どもでも躊躇《ためら》いなく殺した。深川で売り出し中の悪党だった。

悪党らしく刹那的な生き方をしてはいたけれど、その日その日を面白おかしく暮らせればいいと思っている男ではなかった。まだ若く、二十歳をいくつかすぎたば

かりだったが、野心を持って江戸の外れに流れてきた。

（深川を手に入れてやる！）

この土地を縄張りにして、それを足がかりに江戸全体を手中に収めたいと思っていた。悪党の世界で天下を取るつもりでいたのだ。

だが、その計画はすんなりとはいっていない。第一歩目で躓いていた。

（邪魔なやつがいる）

それも二人だ。不愉快な名前と顔を思い浮かべ、四郎は薄い唇を歪ませた。

秀次。

喜十郎。

腕利きの岡っ引きと深川の顔役だ。特に喜十郎は厄介で、つかみどころのない男だった。深川に流れてきたころに挨拶に行ったが、

「もう足を洗ったのよ。あんたみたいなのに挨拶をされても迷惑だから、私に近づかないでちょうだい」

と、追い払われてしまった。

本当のことを言えば、挨拶というのは口実で、隙を見つけて殺すつもりだった。

実際、喜十郎は隙だらけだったが、四郎は手出しできなかった。すっかり呑まれて

しまったのだ。

（なんてこった！　しっかりしやがれっ！）

自分を叱ったが、喜十郎に言い返すことさえできなかった。しっぽを巻いて逃げ出すように帰ってきた。

思い出しても腹が立つ。しかも地元の悪党たちは、いまだに喜十郎に一目置いている。この喜十郎がいるかぎり、四郎は深川の顔役にはなれないだろう。

また、御用聞きの秀次のことも気に入らなかった。「役者」と呼ばれた自分よりも整った顔をしている。四郎は女顔だが、秀次は鯔背《いなせ》で男らしい顔立ちをしていた。

そして、御用聞きとしても腕が立つ。

いつか、この二人を始末してやろうと思っていたところに、この〝髷斬り〟騒ぎが始まった。

「〝髷斬り〟か……。こいつは使えるぜ」

四郎はニヤリと笑った。邪魔者——秀次と喜十郎を片付ける方法が思い浮かんだのだった。

†

その数日後。

「油断しちまった。面目ねえ」

秀次は顔を顰めた。背中を浅く斬られて、着物の下に晒《さらし》を巻いていた。まだ血が滲んでいる。

「油断ではなく、おぬしの実力であろう」

ニャンコ丸がひどいことを言った。

秀次が〝鬇斬り〟に斬られたと聞いて、みやびは秀次の長屋にやって来た。広い住まいではないので、ぽん太とチビ烏は連れてこなかった。ニャンコ丸も置いてくればよかった。

「こんっ！」

銀狐のギン太が、ニャンコ丸を睨んだ。お化け稲荷に棲んでいた神狐らしいが、みやびには、妖狐と区別がつかない。

「神も妖も似たようなものだ。人間が勝手に区別しているだけだのう」

ニャンコ丸はそんなふうに言っていた。例によって、どこまで信じていいかは不明である。

秀次は道を歩くときでも、このギン太を懐に入れている。そのため、深川の町人たちから、

「狐の親分」

と呼ばれていた。年中、一緒にいるわけではないようだが、すっかり相棒のように思われている。

この日も、怪我をした秀次に寄り添うように布団のそばに座っていた。まるで世話焼きの女房みたいだ。

そう思った瞬間、ニャンコ丸がため息交じりに言った。

「おぬしはひどい女だのう。秀次の気持ちを考えたことはあるのか」

みやびの考えたことを盗み読んだかのようだが、意味不明の発言である。秀次の気持ち？　斬られて悔しいと思っているに決まっている。

「心に傷を負わせるつもりか？」

さらに謎の言葉を言われた。だが、わけが分からないのはいつものことなので、これ以上、相手にするのはやめた。

みやびは秀次に問いかけた。

「傷は大丈夫？」

「たいしたことはねえが、一日二日はじっとしていたほうがいいって話だ」

秀次が他人事のように答えた。

この傷の手当てをしたのはイネだ。娘医者が診立てたのなら、まず間違いないだろう。たいしたことがないというのは痩せ我慢だろうが、とりあえず死ぬような怪我ではないようだ。みやびは、ほっとした。

ニャンコ丸はろくに見舞いの言葉も言わず、聞きたいことを聞く。

「喜十郎のしわざだと聞いたが、本当か？」

あの男とは知り合いだった。みやびもニャンコ丸も、喜十郎をよく知っている。戦ったこともあった。

「その話は勘弁してくれねえか」

秀次はそう言って顔を顰めた。〝髷斬り〟や喜十郎の名前を聞くのも嫌そうだった。

（負けず嫌いだから）

やはり斬られたのが悔しいのだろうと思ったが、その考えは間違っていた。このとき、みやびは、九一郎が真犯人として疑われていることを知らなかったのだ。

秀次が「勘弁してくれ」と言ったのは、みやびに九一郎のことを話したくなかったからだった。親しくしていようと、捜査の何もかもを話すことはできない。事件は、動き続けていた。

†

〝髷斬り〟の正体は、喜十郎だった？

そんなふうに深川どころか、江戸中の話題になっていた。町場では、瓦版まで売られているらしい。

札付きの悪人でありながら、喜十郎は妙な人気がある。応援する声さえ聞こえてくるのだった。

その喜十郎を犯人だと決めつけたのは、やっぱり榎田だ。瓦版を読むや、大声を上げた。

「おれの勘働きに間違いはなかったようだなっ！」

町奉行所の同心が、怪しげな瓦版を読んで確信するあたりおかしいのだが、本人は至って真面目であった。芝居がかった口振りで言い切り、鼻の穴をさらに膨らませていた。

「それ見たことか！　喜十郎が犯人だ！」

だが、いくら犯人を言い当てようと、実際に捕まえなければ手柄にならない。しかも、秀次は怪我をして使い物にならない状態だ。

榎田自ら乗り出していけばいいのだろうが、腕力に自信はなかった。腰の刀を抜いたこともない。しかも、相手は喜十郎である。榎田など、一瞬で殺されてしまいそうだった。

手柄は欲しいが、危ない真似はしたくない。どうしたものかと榎田が考え込んでいると、町奉行が口を出してきた。

「喜十郎が犯人だと自信があるのなら、町奉行所の同心とその配下たちを存分に使うがいい」

このまま〝髷斬り〟をのさばらしておいては、町奉行所の面目にかかわる。一刻も早く捕まえよ、と上からも圧力をかけられていた。町奉行も焦っていたのだ。あろうことか、榎田に命令する権利を与えてしまった。

（おれの時代が来た）

榎田はよろこんだ。自分より先輩の同心もいたのだが、町奉行の権威を笠に着て命令した。

「喜十郎を捕まえろっ！　生死は問わぬっ！　おれの前に引き立てて来いっ！」

無礼な上に、自分で動く気のない榎田であった。このあたりが嫌われる所以だが、本人は大将にでもなったつもりでいる。

「さっさと行かぬかっ！」

と、威張り散らしていた。権限を与えた町奉行が顔を顰めたが、榎田は気がつかない。

とにかく、こうして町奉行所が動き出した。

†

その情報は秀次にも伝わってきたが、どうにも解せなかった。納得できなかった。喜十郎は万事に騒々しい男だ。背後から——しかも、こっそりと近づいてくることができるとは思えなかった。

ましてや〝髷斬り〟に背中を斬られたとき、懐にはギン太がいた。神狐が気づかなかったのは、どう考えてもおかしい。喜十郎は強いが、気配を消すほどの実力は持っていない。

（おれを斬ったのは、喜十郎じゃない）

そう確信していた。あの男では、ギン太に気づかれずに斬りかかってくるのは無理だ。

みやびには言えなかったが、神狐を出し抜ける男がいる。気配を消すことのできる男がいる。

（九一郎さまのしわざじゃねえのか……）

平蔵の屋敷でもそう思ったが、斬られた今でもその考えは変わっていない。むしろ考えれば考えるほど、他に犯人がいないような気になってくる。

しかし、なぜ九一郎が自分を斬るのかは分からない。ただ、それくらいのことはやりかねないと思っていた。九一郎なら理由もなく人を斬るくらいのことはやりかねない、と。

みやびは九一郎のことを善人だと思っているようだが、秀次は血のにおいを感じていた。間違いなく、笑顔の奥に恐ろしい素顔を隠している。

（九一郎さまは、人を殺しているぜ）

ずいぶん前から、そう思っていた。流れ者の浪人である上に、妖を退治する拝み屋だ。血なまぐさいのは当然なのかもしれないが、九一郎には謎が多すぎる。分からないことだらけだった。

何のために深川に来たのかも分からなければ、みやびに肩入れしていた理由も、急にいなくなった理由も分からない。

そして、〝髷斬り〟と入れ替わるように、どこかへ行ってしまった。秀次なりにさがしてはみたが、あんなに目立つ男の消息をつかめずにいる。

「九一郎さまには話を聞く必要があるな」

声に出さずに呟いた。榎田には何も言っていないが、長谷川平蔵には九一郎のことを話してある。

「見つけさせよう」

長谷川平蔵は、密偵に九一郎を見つけるように命じたようだ。火付盗賊改の捜査能力は侮れない。時間はかかるかもしれないが、いずれ手がかりをつかむだろう。

†

〝髷斬り〟事件の騒ぎが広がる中、一人の女が、みやびの住む廃神社にやって来た。

「弟を助けてください！」

やって来るなり、頭を下げられた。知り合いであった。

「お里《さと》さん……」

みやびは、女の名前を呟いた。お里は、喜十郎の手下の辰吉《たつきち》の姉にして、下っ引きの熊五郎《くまごろう》の女房でもある。腹には赤ん坊がいて、そろそろ臨月なのだろう。大きなおなかを抱えるようにして現れた。

お里は焦っているようだった。挨拶も抜きに、廃神社にも入らず訴え始めた。

「このままでは、弟が罪人になってしまいます」

そう言われるまで辰吉のことは頭になかったが、考えてみれば姉のお里が慌てるのは当然だ。

瓦版に書かれたように喜十郎が〝髷斬り〟だとしたら、一緒にいるであろう辰吉もただでは済まない。御目付衆や町奉行所の与力たちの髷を斬り、世間を騒がせた挙げ句、御用聞きの秀次に傷を負わせたのだから。

「悪くすれば打ち首、よくても島送りだのう」

ニャンコ丸が適当なことを言い、さらに知りもしないくせに、ぽん太とチビ烏が相槌を打つ。

「うん。そんなところだね」

「カァー」

だが言われてみると、そうなのかもしれない。聞いているうちに、みやびもそのくらいの刑が科されるような気がしていた。詳しくは知らないが、幕府の要職にある役人を襲った男の子分なのだ。どう転んでも軽くは済まないだろう。

「悪事を働いたのなら、罪を償うのは当然です。でも、あの子は喜十郎に巻き込まれただけなんです」

お里は言った。駄目な子どもを庇う母親の口振りだった。辰吉には迷惑をかけられているはずなのに、肉親の情は残っているようだ。

でも甘すぎる。その台詞はいただけない。辰吉が意志の弱い駄目人間であることは疑いようがないが、もう二十歳をすぎた大人なのだ。喜十郎に巻き込まれただけという言い方は通用しない。

ニャンコ丸も、甘すぎる姉に意地悪な気持ちになったのだろう。罪を指摘するように言った。

「辰吉自身が髷を斬った可能性もあるのう」

「そんな真似はできません。あの子は不器用なんです。刀なんか振り回したら、自分の足を斬ってしまいますよ」

確信に満ちた口振りだった。弟を信じているというよりも、〝髷斬り〟事件を起こすような度胸も腕前もないと思っているのであった。

辰吉を知っている妖たちは即座に納得し、わいわいと話し始めた。

「言われてみれば、その通りだのう。悪いのは喜十郎だな」

「あれは悪いね。かなり悪いと思うよ」

「カァー」

「喜十郎は、打ち首にしたほうがいいのう」

「うん。島送りにしたら、島が気の毒だよ。あんなのを送られたら、島が泣いちゃうよ。迷惑行為だよ」

「カァー」

散々な言われようであったが、みやびもお里も頷いていた。喜十郎のことを知っていれば、領かざるを得ないだろう。

そんなふうに全員で喜十郎が打ち首になることを願っていると、突然、気色の悪い声が割り込んできた。

「ひどい言われようねえ。私だって傷つくわよ……」

「――っ？」

みやびは、ぎょっとした。いつやって来たのか、喜十郎が廃神社の境内に立っていたのだ。辰吉も一緒だった。それから、もう一人、役者のような二枚目顔の若い男がいた。

(縄で縛るなんて、相変わらずヘンタイ……)

なぜか縛り上げられている。これは、喜十郎の趣味に違いない。みやびがそう決めつけていると、その喜十郎が二枚目顔の男に話しかけた。

「ねえ、四郎さん。この人たちって、ひどいと思わない？」

縛り上げられているのは、なんと役者の四郎であった。

†

見た目がよくても、中身が残念なことは珍しくない。四郎も顔立ちこそ整っていたが、あまり賢くなかった。物事を深く考える性質でもない。

(秀次と喜十郎が邪魔だな。よし。殺しちまおう。今なら、〝髷斬り〟のせいにされるだろう)

その程度の考えしかなかった。どうすれば〝髷斬り〟のせいにできるかまでは考えが至らず、とにかく邪魔者を殺してしまおうと思ったのだ。

ところが、喜十郎が〝髷斬り〟だという噂が立った。町人たちが言っているだけではなく、町奉行所も動いているらしい。

「冗談じゃねえぞ」

隠れ家の自分の部屋で、四郎は舌打ちした。手下は廊下や家の前の見張りに立てているので、ここには一人しかいない。

邪魔な喜十郎がお縄になるのは歓迎だが、それでは四郎の格は上がらない。喜十郎を殺してこそ、四郎の名が響くのだ。

役人に向けては〝髷斬り〟のせいにしつつ、喜十郎を殺した手柄を自分のものにするつもりだった。そんな都合のいい計画など思いつきもしないくせに、盛大に顔を顰めて、

「どこまでも邪魔をしやがる」

と吐き捨てるように言ったときだ。部屋の戸が開いた。

四郎は、手下が声もかけずに開けたのだと思った。子分にしているのは、そこらへんの破落戸だ。礼儀など知らない。

（育ちの悪《わり》い連中だぜ）

自分のことを棚にあげて舌打ちし、

「勝手に開けるなと言ったはず――」

と咎めかけて、はっとした。入ってきたのは、子分ではなかったからだ。

「あら、怒ってるわ。私ったら勝手に開けちゃって、ごめんなさいね」

喜十郎であった。殺そうと思っていた男が、四郎の目の前に現れたのだった。予想もしていなかった展開だった。

驚いて言葉も出ない四郎を真面目な顔で見ながら、喜十郎がふざけたことを言い出した。

「もう一度、やり直すわね。四郎さん、あなたの喜十郎が会いに来たわよ。開けてもいいかしら？」

†

四郎の家で騒動が起きる四半刻（約三十分）前、辰吉は落ち着かない気持ちで歩いていた。一緒にいる喜十郎はいつもと変わらぬ様子で歩いているが、辰吉は生きた心地がしない。

「喜十郎が〝髷斬り〟だったんだってな」

「お役人が躍起になって追っかけてるってよ」

「今度こそ縛り首だな」

「いや、磔じゃねえか」

「おれは、釜ゆでにするって聞いたぜ」

「釜ゆでって、おめえ……。石川五右衛門《ごえもん》じゃあるめえし」

町中、そんな噂で持ち切りだったからだ。誰も彼もが、喜十郎のことを話していた。瓦版まで売られているのだから、評判になるのは当然だ。それなのに当の喜十郎は、他人事であった。

「私ったら、すごい人気ねえ。あら、錦絵まで売ってるわよ」

と店をのぞいて、そこにいた人々を驚かせたりしている。

辰吉は、喜十郎が〝髷斬り〟でないことを知っていた。だが、同時に罪を着せられる可能性が高いことも承知している。喜十郎を始末する絶好の機会だ、と考える役人は多いだろう。

（おれも、ただじゃあ済まねえだろうな）

そう思った。喜十郎の一の子分だと思われているのだから、一緒に捕まることは間違いない。

（よくて島送りか……）

図らずもニャンコ丸たちと意見が一致していた。

（冗談じゃねえ）

辰吉は身震いした。罪人たちの暮らす島なんぞに送られるのは、まっぴらだった。そんなところで生きていけるわけがない。三日も持たずに死んでしまう自分の姿が思い浮かんだ。

「江戸から離れましょうぜ」

喜十郎をせっついた。一人で江戸を離れればよさそうなものだが、辰吉は手に職もなければ、新しい土地で生きていく度胸もない。何をやらせても半端で、一人では生活できない男だった。だから、こうして喜十郎を頼って生きている。

「西のほうに行きましょうぜ」

辰吉は誘った。京や大坂なら町も拓けている。しかし喜十郎は拒んだ。

「嫌よ。私、田舎は嫌いなの」

江戸っ子にとっては、他の土地はすべて田舎なのだ。京や大坂でさえ垢抜けない土地扱いする。

かくして瓦版を撒かれようとお構いなしに、深川に留まり続けた。辰吉も一緒にいる。

それでも何日かはおとなしくしていたが、御用聞きの秀次が襲われたと聞き、動き出したのであった。

「行くわよ」

辰吉に声をかけるなり、さっさと歩き出した。いつもふざけているのに、急に口数が減った。

（やっと江戸を離れる気になったか）

胸を撫でおろしたのも束の間、売り出し中の悪党――役者の四郎の家《やさ》に踏み込んだのであった。

†

「きさま、どうやって入って来たっ？」

四郎が目を三角にした。動揺し、そして怒っている。一方の喜十郎は、落ち着いていた。

「どうやってって普通よ。普通。普通に玄関から入って来たわ。言っておきますけど、玄関ではちゃんと声をかけたわよ」

嘘ではない。

この男ときたら顔を隠すことすらせず、「四郎さん、いらっしゃるかしら？　こんにちは。喜十郎が来ましたよ」と声をかけて、玄関から堂々と上がってきたのであった。

「……子分どもは、どうした？」

「それが逃げちゃったのよ。私、何もしてないのに失礼しちゃうわ」

これも本当だ。本物の喜十郎がやって来たと気づいた瞬間、真っ青な顔になって逃げ出した。全力で走っていってしまったのだった。

「役に立たねえ野郎どもだぜ」

四郎は、顔を顰めて舌打ちした。辰吉も他人のことは言えないが、親分のために盾になるという気概がない連中だった。まあ、盾になろうとしたところで、相手が喜十郎ではどうにもならないだろうが。

「で、何の用だ？」

「それは、私の台詞よ。四郎さん、私に用があるんでしょ？」

「どういう意味だ？」

「そのまんまの意味よ。私を殺して、名前を売りたいんでしょ？　深川の顔役になりたいのよね」

ズバリだったのだろう。四郎が黙り込んだ。頭だけでなく口も回らないようだ。それに対して、口の達者な喜十郎は話し続ける。

「足を洗ったって言ってるのに、本当、四郎さんってば迷惑な人ねえ……。でも、いいわ。そこまでやりたいんだったら、特別に相手してあげるわ」

まさかの台詞だった。喧嘩を始めるつもりでやって来たのか。

（冗談じゃねえっ！　殺されちまうっ！）

たまらず辰吉は口を挟んだ。

「喜十郎さん！　相手してあげるって、あんた、道具を持ってねえじゃないですかっ！」

悲鳴のような声になってしまった。喜十郎は、匕首どころか小刀一つ呑んでいなかった。

辰吉としては喜十郎を心配したのだが、この台詞は言うべきではなかった。丸腰だと聞き、四郎の顔に笑みが広がった。

「役者の四郎」

そう呼ばれているが、もう一つ、またの名があった。

「長ドスの四郎」

侍の刀と変わらぬ長さのドスを自在に使う。剣客と立ち合って、斬り殺したこともあった。かなりの使い手だ。深川で名前を売ることができたのは、その腕前のおかげだった。

「何も持ってねえだと？」

「持ってるわけないでしょ？　私、善良な町娘よ。見ての通り可愛いだけが取り柄なのよ」

突っ込みどころの多い台詞を言って、喜十郎は懐を叩いて見せた。何を考えているのか、自信たっぷりだ。

本当に何も持っていないと分かったのだろう。四郎がニヤリと笑い、

「ふ。飛んで火に入る夏の虫とは、おまえのことだ！」

と芝居がかった台詞を叫んだ。そして、部屋の片隅に置いてあった長ドスを手に取った。喜十郎を斬るつもりなのだろう。

（じょ……冗談じゃねえ……）

いきなりの修羅場に辰吉は腰を抜かしそうになったが、喜十郎は平然としている。いつもの調子で言葉を返した。

「私、虫って好きじゃないんだけど」

「ふん。ふざけたことを言っていられるのも、これまでだ」

四郎が長ドスを抜いた。薄い唇が、笑みのせいで吊り上っている。勝ちを確信した人間の顔だ。

（殺される……）

辰吉は、もはや声も出せなかった。死を覚悟したのだった。ずっと一緒にいるく

せに、喜十郎のことを分かっていなかった。

「死ねっ！」

四郎が怒声とともに、長ドスを上段に振り上げたその瞬間、喜十郎の身体が静かに動いた。

「遅いわよ」

そう言ったときには、長ドスを握る四郎の手を押さえていた。動きが速すぎて、何があったのか辰吉には分からなかった。とにかく、この一瞬で勝負はついてしまったようだ。

「動きが大きすぎるわ。刀は懐に入られたら、終・わ・り」

気色悪く言葉を句切り、さらに続けた。

「しかも非力ね」

喜十郎はたいして力を入れているようには見えないが、四郎はピクリとも動くことができない。顔を真っ赤にして、脂汗をかいている。口を動かすことさえできないらしく言葉を発しなかった。

「そんなんじゃあ、お婆ちゃんにも狸ちゃんにも勝てないわよ。私も勝てなかったけど」

喜十郎が肩を竦めた。山姥と傘差し狸のことだ。喜十郎と辰吉は、半殺しの目にあっていた。

（あれに比べれば、四郎なんて屁みてえなもんだな）

辰吉でさえそう思った。何しろ地獄に落とされたのだ。四郎の長ドスを見て腰を抜かしていたくせに、すっかり落ち着いていた。

「さて、どうしようかしら」

喜十郎が考えるように言って、にっこりと笑って見せた。相変わらず気色の悪い顔をしているが、慈悲深く見えないこともなかった。

「四郎さん、どうやって死にたい系？」

そんなふうに質問した。願いを叶える死神の口調だ。

「絞め殺されたい人？　斬られたい人？　それとも、生きたまま山に埋められたいとか？　川に沈むのも素敵よねえ。何なら海でもいいわよ」

喜十郎はうっとりしている。どこまでが脅しで、どこまでが本気なのかは辰吉にも分からない。

「こ……殺さないでくれ……」

四郎が泣きを入れた。ガタガタと震えながら、命乞いを始めたのだった。

†

「よくやったのう。褒美にわしの家来にしてやろう」

「おいらの家来にもしてあげるね」

「カァー」

　喜十郎たちの話を聞いて、ニャンコ丸たちが言い出した。妖の家来になるのが、どうして褒美になるのか——みやびには分からない。

　分からないまま放っておくべき発言だが、深川の顔役だった男は嬉々として返事をした。

「あら本当？　私を子分にしてくれるの？」

「うむ。特別に許可してやろう」

　ニャンコ丸が言い、ぽん太とチビ烏が「いいよ」「カァー」と頷くと、喜十郎が満面に笑みを浮かべた。

「超うれしいわ。私、ずっと子分になりたかったのよ」

　両手を胸の前に合わせるようにして、よろこんでいる。知っていたが、やっぱり喜十郎はヘンタイだ。理解してはいけない領域にいる。ヘンタイと分かり合うようなことになったら、お嫁に行けなくなってしまう。

「最初から子分になるつもりで来たようだのう。四郎を連れてきたのは、手土産のつもりか？」

「その通りよ。だってイケメンが好きでしょ？」

喜十郎がこっちを見た。九一郎の顔が思い浮かんだが、戯《たわ》けた台詞がそれを消した。

「うむ。みやびは二枚目が好きだのう。だから、わしと一緒にいるのだ！」

「おいらも顔には自信があるね！」

「カァー」

面倒くさいので何も聞かなかったことにして、みやびは事件に話を戻した。

「……つまり、四郎が〝髷斬り〟だったってこと？」

「まさか」

喜十郎が首を横に振った。

「四郎さんは、ただのお馬鹿よ。武士の髷を斬るほどの腕もないわ。甲冑を着て戦うなんて、絶対に無理よ」

道化のような見た目だが、理路整然としていた。ヘンタイであるのは確かだが、喜十郎は馬鹿ではない。

ちなみに、このとき辰吉とお里は、熊五郎を呼びに行っていた。四郎は廃神社の境内の木に縛りつけてある。もはや逆らう気力もないらしく、ぐったりしている。その身柄を熊五郎に委ねて、彼の手柄にするつもりのようだ。

「前にちょっとだけ迷惑をかけちゃったから、そのお詫びね」

喜十郎は言った。この男には、妊娠しているお里を岡場所に売り払おうとした過去があった。

「それはそれとして、〝髷斬り〟の話よ」

と喜十郎は言い、わざとらしく声を潜めて続けた。

「四郎さんの他に本命がいるのよ」

本命。いわゆる容疑者のことだろう。思いもかけない情報を聞いて、みやびは問い返す。

「他に？　誰？」

「真犯人なのかどうかは知らないけど、私の他にも、疑われている人がいるみたいなのよ」

「疑われている？」

「ええ。火付盗賊改が動いているそうよ。しかも、長谷川平蔵さま直々の命令らしいわよ」

なんと！　町奉行所ではなく、火付盗賊改が疑っている犯人候補がいるのか。みやびも、長谷川平蔵の噂は聞いている。その名前を聞いただけで悪党どもが腰を抜かす男であった。

「もう捕まったようなものじゃない」

と、みやびは呟いた。鬼の平蔵が動いているのなら、この事件は解決したも同然だろう。

それにしても、喜十郎はやけに事情に通じている。火付盗賊改に息のかかった者がいるのかもしれない。もしくは、密偵に子分がいるのか。喜十郎自身が密偵という可能性もある。

町奉行所の御用聞きもそうだが、脛に傷を持つ人間が密偵になることがあった。悪党どもの事情に通じているからだ。長谷川平蔵は、大盗賊たちを配下にしているという噂があった。

（でも、喜十郎は大盗賊とは違うか）

そんなみやびの思考をぶった切るように、ニャンコ丸が質問をした。

「それで誰が疑われておるのだ？」

「誰っていうか……」

喜十郎が少し困った顔を見せた。演技しているだけかもしれないが、何やら言いにくそうだ。

「もったいぶってないで教えてよ」

「カァー」

ぽん太とチビ烏がせっついた。妖たちは旺盛だった。しかし、喜十郎は躊躇っている。

「もったいぶってるわけじゃなくてね……」

とうとう、もじもじし始めた。乙女のような仕草であった。そこまで言いにくいことなのだろうか？

「さっさと言わぬか？　家来をクビにするぞ？」

唐土の仙猫は短気だった。ニャンコ丸の家来をクビになったところで困りはしないと思うが、喜十郎は慌てて返事をした。

「言うわ！　言うからクビにしないで！」

そして、その言葉を口にしたのであった。

「あなたたちのお仲間のイケメンの拝み屋さんよ」

「………」

一瞬、時間が止まったような気がした。言葉が耳を通り抜けていった。何を言われたか分からなかった。

「……ええと？」

「だから」

喜十郎は肩を竦めたが、はっきりとした声で答えた。

「神名九一郎さまが疑われてるのよ」

不意打ちだった。

喜十郎の口から、まさかその名前が出るとは思わなかった。この場面で、九一郎の名前を聞くとは思わなかった。

（疑われている？）

〝髷斬り〟だと思われているということか？

「ど、どうして九一郎さまが……」

混乱しながら呟いたが、その後の言葉が続かない。だが、喜十郎にはそれだけで通じたようだ。

「どうしてって浪人だからよ。しかも流れ者でしょ？　姿もくらましているみたいだし、疑ってくださいって言っているようなものだわ」

「それは……」

言い返したかったが、言葉が出て来なかった。九一郎がどこの誰なのか、みやびは知らない。庇うだけの材料が見当たらなかった。一緒にすごした時間は短く、知らないことだらけなのだ。

「狐の親分までやられちゃったじゃない？　あの親分だって、かなり強いわ。それなのに、〝髷斬り〟の正体を確かめることもできないで斬られちゃった。そんな真似、普通の人にはできないわよ」

「だからって九一郎さまが——」

みやびは言い返そうとしたが、やっぱり続かない。九一郎を信じてはいるけれど、喜十郎の言うことにも一理あったからだ。九一郎は普通の人間ではない——それだけは確かだった。

深川の顔役だった男はさらに続ける。

「姉御《あねご》が信じたくない気持ちは分かるわ。私だって、イケメン無罪派よ。でも、火付盗賊改が動いてるのも事実なの」

……姉御。

とうとう、みやびまでもが仲間にされてしまった。突っ込む暇を与えず、喜十郎はさらに続ける。

「イケメンの拝み屋さんがやったのかどうかは、〝髷斬り〟さんを捕まえれば分かることよ」

「それはそうかもしれないけど……」

捕まえることができずに苦労しているのだ。〝髷斬り〟の正体が九一郎ではなかったとしても、生半可な相手ではないことは確かである。喜十郎が言ったように秀次でさえも怪我をしてしまったのだから。〝髷斬り〟に勝てる役人がいるのだろうか。

そう思って聞くと、喜十郎に否定された。

「姉御ったら、お役人に期待しちゃ駄目よ」

腹に一物あるような、思わせぶりな言い方だった。ニャンコ丸がふたたび口を挟んだ。

「喜十郎、おぬし。何か企んでおるな？」

「す……すごいわ。本当、さすが！　師匠ってば、私の考えてることを簡単に見抜いちゃうのね」

芝居がかっている上に、いつの間にかニャンコ丸の弟子になっている。家来ではなかったのか。

「わしがすごいことは、江戸中の人間が知っておるのう」

閻魔大王に舌を抜かれそうな大嘘をついてから、ニャンコ丸が仕切り直すように質問をした。

「で、何をするつもりだ？」

「するって言うか」

喜十郎はそう前置きし、真剣そのものの真面目な顔で、意味の分からないことを言ったのであった。

「私、武士になろうと思うの」

†

草木も眠る丑三つ時になったが、みやびは寝ていなかった。眠れなかったわけではなく、布団に入ってさえいない。廃神社の外――横川沿いに生えている木の陰でため息をついていた。

（どうして、こうなるの？）

　横川は、埋立地に造られた運河である。このあたりには桜が植えられており、開花の時季には昼夜を問わず賑わうが、散ってしまった今は閑散としていた。〝髷斬り〟が跋扈《ばっこ》しているせいもあって、夜道を歩いているのは一人だけだ。

「……無理。もう、いろいろ無理」

　今度は、声に出して呟いた。そう言いたくもなる。嘆きたくもなる。真夜中に引っ張り出された上に、意味の分からない何かを見せられているのだ。

　見たくはなかったが、他に見るものがないこともあって視線を向けてしまう。そこでは、おかしな格好の武士が、横川沿いの夜道を行ったり来たりしていた。それらしく髷を結っているものの、着物は派手な桃色だし、白粉をベッタリと顔に塗り、加えて毒々しい赤色の口紅を引いていた。

「何を考えてるのよ……」

　みやびは、また呟いた。頭が痛かった。言うまでもなかろうが、このヘンテコな武士は喜十郎だった。

　いつも以上に厚化粧をして、そのくせ真面目な顔で横川沿いの道を歩いている。

月の光を浴びて、いっそう気色が悪い。

四郎を連行してきた後、喜十郎はいったん姿を消した。そして夜になると、この格好で現れたのだった。

あまりの格好に目を丸くしていると、喜十郎が聞いてきた。

「私ってば、お城に勤めている武士みたいでしょ？」

武士を愚弄しているとしか思えない発言だった。こんなふざけた武士がいてたまるか。控えめに言って、道を外した大道芸人にしか見えない。控えめに言わなければ、化け物である。

みやびはそう思ったのだが、ここでは少数意見であった。

「地味ではないかのう」

「もうちょっと派手なほうがいいね」

「カァー」

我が家の妖たちが意見を述べた。冗談でも、からかっているわけでもない。そろって真面目な顔をしている。

「私もそう思うけど、武士って地味なのよね。基本、ダサいし」

喜十郎が応じた。これまた真面目な顔だった。

もはや説明するのもアホらしいが、喜十郎は囮《おとり》になるつもりでいる。自分を餌にして〝髷斬り〟を釣り上げるつもりでいるのだ。何をどう考えたのか、どれだけ勘違いを重ねたのか、この作戦に自信たっぷりだった。

「これで事件解決よ」

それはどうだろう？　首を傾げていると、喜十郎が追撃してきた。

「〝髷斬り〟さんだって、私みたいな魅力的な武士を放っておくわけがないわ」

みやびとしては、永遠に放っておきたいところである。こんなのと一緒に歩きたくなかった。

でも九一郎が疑われているとなれば、黙って見ていることはできない。だから、こうして様子を見に来てしまった。

ちなみに、ニャンコ丸とぽん太、チビ鳥も一緒だ。それに加えて、もう一人、男が木陰にいた。

「あの人の考えていることは分からねえ……」

辰吉である。みやびとそっくりのため息をついている。喜十郎の子分でありながら、意外と普通の人間だった。この茶番についていけないらしく、疲れ切った顔でまた呟いた。

「あんな武士がいてたまるかよ」

みやびも同意見だった。〝髷斬り〟が現れるはずがないと思っていた。

†

四半刻ばかり経った。

喜十郎は飽きることなく、行ったり来たりしている。何のつもりなのか踊るようなしぐさを見せたり、自分のお尻をペンペンと叩いたりしている。ますます道化じみている。

「たいしたものだのう」

「うん。おいらたちの家来だけはあるね」

「カァー」

ニャンコ丸たちが口々に言う。どこに感心する点があるのか分からない。馬鹿馬鹿しすぎる。

九一郎の名前を出されて一緒に来たものの、ただの時間の無駄だったようだ。これが餌では、〝髷斬り〟が現れるはずがない。

「……もう帰ろう」

みやびは呟き、本気で帰ろうとした。一歩二歩と廃神社に向かって歩き出した、そのときだった。

——ふいに月が翳《かげ》った。

突然、明かりを消したように、真っ暗になってしまったのだった。星たちも、どこかへ行ってしまった。

「何これ……？」

ふと足を止め、誰に聞くともなく呟いた。返事をしたのは、一寸先も見えない暗闇の中にいるニャンコ丸だった。

「来たようだのう」

「来たって、も、もしかして——」

「うむ。そのもしかしてだ」

のんびりした声で返事をしてから、傘差し狸に声をかけた。

「ぽん太、明るくできるか」

「うん。余裕」

ぽん太が返事をし、それから、パラリンと傘を開く音が聞こえた。術を使うつもりだ。

口を挟む間もなく、ぽん太の声が響いた。

「地獄召喚、火の玉」

すると、いくつもの火の玉が現れた。傘を開いて、地獄から呼んだようだ。かがり火を焚いたように周囲が明るくなった。

妖は暗闇でも平気だが、みやびは人間だ。何も見えないのは、恐怖を感じる。それが明るくなり、ほっとしたのも束の間、目に飛び込んできたものを見て息を吞んだ。そして、言葉が漏れた。

「嘘……」

「嘘ではない。喜十郎の作戦は成功したようだのう」

ニャンコ丸が返事をした。真夜中の横川沿いの道に、甲冑を着た武者――〝鬣斬り〟が現れていたのだった。

†

本当に現れると思っていなかったので驚きはしたけれど、確かめなければならないことがあった。みやびは〝髷斬り〟の正体をさぐろうと、その姿をじっと見た。

（……分からない）

九一郎ではないような気がするが、確信は持てない。甲冑を着ている上に暗いせいで、顔が見えなかったからだ。

しかも、〝髷斬り〟の姿は霞んでいた。そこらの男より大きいのに、今にも消えてしまいそうに見える。

「もしかして――」

そう呟いただけで通じたらしく、ニャンコ丸が頷いた。

「うむ。あやつ、人間ではないのう」

「うん。霊だね」

「カァー」

ぽん太とチビ烏が同意した。

みやびは念を押すように聞き返す。

「幽霊ってこと？」

「うむ」

「幽霊って、もっと青白い感じじゃあ……」

白い服を着て、柳の下に立っている姿が思い浮かぶ。番町皿屋敷《ばんちようさらやしき》のお菊や四谷《よつや》怪談《かいだん》のお岩を想像しても、目の前の男のように力強くはない。そもそも男の幽霊は、ぱっとは思い浮かばなかった。

「こやつは、平家の怨霊のようなものだのう」

ニャンコ丸が、〝髷斬り〟を値踏みする目つきで言った。幽霊と怨霊の違いは分からないが、「平家」と言われて思い浮かぶものがあった。

「つまり落ち武者？」

『耳なし芳一』の物語に出てくる怨霊たちを思い浮かべていた。

「違うな。戦場で命を落としただけで逃げてはおらぬだろう。堂々としておるからのう」

落ち武者であれば、もっと惨めな姿で現れるはずだと言いたいようである。すると——。

「九一郎さまじゃないのね」

「見れば分かるであろう」

「うん。分かる。全然、違う人だよ」

「カァー」

妖たちは口をそろえた。この連中は嘘ばかりついているが、今回は本当のことを言っているように感じる。つまり、九一郎は〝髷斬り〟ではなかったということだ。

「よかった……」

みやびはほっとしたが、ニャンコ丸の意見は違った。

「あまりよくないと思うがのう」

と否定し、視線を横川沿いの道に戻した。

みやびも釣られて正面を見る。そこでは、〝髷斬り〟が喜十郎を睨み付けていた。今にも斬りかかりそうだった。

†

〝髷斬り〟を釣り上げることができた。喜十郎は、〝髷斬り〟が武士たちを襲った動機まで読んでいた。

「戦場で命を落とした怨霊が〝髷斬り〟だわ」

とまで予想したわけではなかったが、髷を斬られた面子を聞いて、ピンと来ていたのだ。

（天誅《てんちゅう》ね）

その言葉に尽きるだろう。秀次を別とすれば、評判の悪い武士ばかりがやられている。いや秀次にしても、上役の榎田の代わりに襲われたと考えれば納得できる。犯人は、間違いなく潔癖な男だ。

だから喜十郎は囮になった。武士の格好をする破落戸など〝髷斬り〟には我慢できない存在だろうと考えたのだ。ふざけたのも、わざとだ。武士を愚弄するように、尻を叩いて見せたりもした。

果たして、その作戦は成功した。〝髷斬り〟を上手くおびきだすことはできた。ここからが勝負だ。

「ニャンコ丸師匠、ぽん太ちゃん！　やっつけちゃって！」

誰にも言っていないが、これも作戦のうちだった。喜十郎がいくら強くても、〝髷斬り〟に勝てる自信はなかった。ただの人間が怨霊に勝てるわけがない。最初から、ニャンコ丸たちに後始末を任せるつもりだった。

しかし。

「無茶を言ったらいかんのう」

「いけないいね」

ニャンコ丸とぽん太が、同時に首を横に振った。いつにも増して、やる気のない顔をしていた。

「……やっつけてくれないの？」

「断る！」

「おいらも嫌だね」

きっぱりと断られてしまった。付き合いの浅い喜十郎は、ニャンコ丸たちのことを分かっていなかった。人間なら悪党でも手玉に取ることができるが、妖相手では勝手が違った。

柄にもなく動揺した。その顔で問いを重ねた。

「ど……どうして？」

「分からぬのか？」

とニャンコ丸は言葉を返し、「分からぬのなら教えてやろう」と威張ってから、力を貸さない理由を話し始めた。

「〝髷斬り〟とやらのやっていることは筋が通っておるからだ。こやつは、関ヶ原の合戦あたりで討ち死にした徳川兵であろう。袖の下を取る腐れ武士に怒るのは当然だのう」

仙猫の力なのか、ただの当てずっぽうなのか、〝髷斬り〟がどこで死んだかまで分かるようだ。

「命を懸けて戦った結果が、この体たらくでは浮かばれぬのう」

「うん。かわいそう」

「カァー」

すっかり同情している。まあ確かに、ニャンコ丸たちの言うことには一理ある。喜十郎の目から見ても、武士たちは腐っている。巷には、賄賂を受け取ることばかりに熱心な役人が溢れ、おのれの保身ばかり考えて生きている。徳川兵たちも、こんな世の中を作るために死んだのではなかろう。

だが、納得できるからと言って、事件が解決するわけではなかった。それに、〝髷斬り〟は、喜十郎に腹を立てている。

「破落戸風情が、武士を愚弄しおって……。命を捨てたいようだな。その首を刎《は》ねてやろう」

苦々しい声で言って、刀を抜いた。刃から青白い冷気が立ち昇っている。

見ているだけで腰を抜かしそうになる恐ろしさだが、喜十郎は笑って見せた。

「戦国武者に首を刎ねられるなんて素敵だわ。私ってば、もう、ぞくぞくしちゃうわ」

無理にふざけて見せた。最期まで自分らしくあろうと思ったのだ。恐怖を笑い飛ばすだけの強さを持っていた。

しかし、手の打ちようはない。目の前に立っているだけで、〝髷斬り〟の強さは分かる。どう足掻いても破落戸の喜十郎ごときには勝てない相手だ。匕首を持っていたとしても、傷一つつけることはできないだろう。

しかも〝髷斬り〟に油断はなかった。本物の武士は、兎を撃つにも全力を用いるものだ。

「死ねっ！」

〝髷斬り〟が刀を振り上げた。

（もう駄目ね……）

喜十郎は観念して逃げもせず、じっと刀を見ていた。だが、刀は振り下ろされなかった。宙で止まっている。

「え？　なあに？」

思わず聞き返してしまった。ふと、〝髷斬り〟がこっちを見ていないことに気づいた。喜十郎から視線が外れている。そして、喜十郎もそれに気づいた。

「嫌ねえ。私ったら主役じゃなかったのね。ただの引き立て役だったみたい。真打ちの登場だわ」

喜十郎は肩を竦めた。一人の男が、横川沿いの道を歩いてきていたのだ。抜き身の刀をぶら下げるように持っている。

その男は〝髷斬り〟の正面まで歩いてきた。そこで立ち止まり、闇に沈むような静かな声で言った。

「この間は、世話になったな」

深川の御用聞きだった。鯔背な二枚目――秀次が姿を見せたのであった。

†

〝髷斬り〟に背中を斬られ、まだ傷は癒えていない。

布団から起き上がっただけで傷が開いた。せっかくイネに治療してもらったのに血が滲んでいる。灼けるような痛みもあった。

戦えるような身体ではなかった。それなのに、秀次はやって来た。戦いの場に飛び込んできた。

自分を落ち着かせようと静かな声を出したが、おとなしくしていられたのは〝髷斬り〟に挨拶を済ませるまでだった。

「やられたまま寝ていられるかよっ！」

刀を正眼に構え、吠えるように言った。激情がほとばしるような声だった。深川中に響き渡った。

だが、〝髷斬り〟は鼻で嗤う。

「ふん。いつかの御用聞きか。町人風情が武士に刀を向けることの意味は分かっているだろうな」

冷たい声で言われても、秀次は退かない。〝髷斬り〟から目を逸らすことなく、さっき以上の大声を上げた。

「こいつは喧嘩だ！　町人も武士も関係ねえっ！」

火事と喧嘩は江戸の花。

相手が怨霊だろうと、舐められたまま終わるつもりはない。やられたまま寝ていては、江戸っ子の名が廃る。

もちろん、人間が戦える相手ではないことは分かっていた。拝み屋か陰陽師でもなければ、怨霊に勝てるはずがない。

　でも、秀次には頼りになる相棒がいる。強い味方がいる。

「ギン太、頼むぜ」

　声をかけると、刀が返事をした。

「こんっ！」

　秀次がぶら下げていたのは、ただの刀ではなかった。銀狐が化けているのだ。刀に変化《へんげ》するのは、ギン太の十八番《おはこ》だ。お化け稲荷に棲み着いていた狐は、刀に変化することで高い妖力を発揮する。

「こんっ」

　ギン太がふたたび声を上げると、刀が銀色に輝いた。この刀を使うことで、秀次は何倍もの力を発揮する。そして勇気が出る。強くなることができた。

「おれたちは最強だ！　誰にも負けねえ！」

「こんっ！」

　いつもは物静かなギン太が荒ぶっていた。ギン太にとっても復讐戦だった。前回は、何もできないうちに秀次を斬られてしまった。戦国時代の怨霊だろうと、大好きな秀次を傷つけたやつは許せない。

「喧嘩の始まりだ！　いくぜ、〝髷斬り〟！」

秀次とギン太は、戦国武者の怨霊に正面から挑んでいった。

†

江戸の町では、自分の身は自分で守られなければならない。だから、町人でも剣術道場に通う者は珍しくなかった。

ましてや秀次は御用聞きだ。治安を守るために悪党と戦わなければならない。力がなければ、町を守ることはできない。

秀次は道場に通い、みやびの父親から剣術を習った。その道場は焼けてしまったが、看板は残っている。廃神社の境内に立てかけてあった。そこには、こんな文字が残されている。

早乙女無刀流

ただこれは、平和な時代になってからの呼び名で、かつては別の名前を称していたという。

「ご先祖は、鬼を斬ることを生業《なりわい》にしていた」

あくまでも、みやびの父の台詞だ。眉唾物《まゆつばもの》だろう。箔をつけるために、怪しげな設定をでっち上げるのは珍しくない。巷に、安倍晴明《あべのせいめい》の子孫を名乗る陰陽師が転がっているのと似たようなものだ。

「鬼を斬れるのは、早乙女家の人間だけだ」

これも、みやびの父の言葉だった。だが、その父親は何か分からぬものに食い殺されている。自分の妻を守ることもできなかった。秀次としては、それを笑うつもりはない。どんな達人だろうと勝てないものはある。ただ、自分の親が殺されたように悔しかった。秀次は、みやびの両親には可愛がってもらっていたのだった。

「みやびの婿になって、早乙女無刀流を継ぐ気はないか？」

「婿って……」

「その気になったら言ってくれ」

そんな会話を交わした記憶があった。死んでしまう少し前の話だ。

「みやびと協力して、鬼を斬って欲しい」

そうも言われたことがあった。どこまで本気で言っているのか分からない口振りだった。

先祖のことについては怪しいことを言うみやびの父親だったが、剣術には真面目だった。相手が大名の子息だろうと、どんなに金持ちだろうと、お世辞は言ったことがなかった。太鼓持ちのような指導をする剣術道場も珍しくない中で、弱い者には、はっきりと、

「才がないようだな」

と伝えた。

秀次は、そんなみやびの父に認められた剣士だ。その上に、神狐の力を借りている。弱いわけがなかった。

「りゃあっ！」

秀次は裂帛の気合を込めて、銀色に輝く刀を振るった。太刀筋は鋭く、空気が裂けるような音が鳴った。

（もらった！）

命中する前から手応えがあった。秀次は、勝利を確信した。刀は、〝髷斬り〟の右肩を捉えていた。

空振ることはないだろう。必殺の一撃が、振り下ろされた。しかし――。

「ガチンッ」

と鈍い音が鳴っただけだった。

「くっ……」

苦痛の声を漏らしたのは、斬りかかったはずの秀次だった。傷がさらに開いたらしく、背中が痛んだ。刀こそ落とさなかったものの、腕が震えている。しばらく、まともに刀を振るうことはできなそうだ。

「この時代の男どもは、そろいもそろって馬鹿なのか」

〝髷斬り〟が、心底呆れたという声を出した。甲冑には疵一つ付いていなかった。秀次の一撃は、意味のないものだったのだ。

「なぜ甲冑を斬ろうとする？　自分の腕が痛いだけであろう」

蟹本十太夫が兜を斬ろうとして負けたのと、秀次もまた同じ運命を辿ろうとしていた。

だが、違いもあった。秀次にとっては歓迎できない違いだ。

「拙者の勝ちだな。武士ならば髷をもらうところだが、おまえは町人だ。きさまの髷をもらっても何の価値もない」

語るように呟きながら、〝髷斬り〟が一歩二歩と秀次に歩み寄る。十太夫の命を奪わなかった〝髷斬り〟だが、見て分かるほど殺気立っていた。静かだが、その声には怒りがこもっていた。秀次に腹を立てているのだ。

「しかも、ろくでもない上役に仕えている。悪人を取り締まる立場でありながら、貧しき者に金を貸して利を得るとは、見下げた男だ。徳川の面汚しだ。きさまは、その上役の悪行を諫めることもしていない。一端の男でいるつもりらしいが、黙って見ているのも同罪だ」

返す言葉もなかった。腕が痺れていたこともあるが、〝髷斬り〟の言うとおりだったからだ。

身分が違うからというのは、言い訳にすぎない。結局のところ十手を取り上げられることを恐れて、秀次は榎田を野放しにしたのだ。

「安心しろ。きさまの上役も始末してやる」

〝髷斬り〟は約束するように言い、付け加えた。

「だが、きさまの始末が先だ」

そして、あの決め台詞を口にしたのだった。


おくび、ちょうだい。

秀次の命は風前の灯火《ともしび》だったが、負けを認めるつもりはなかった。ただで殺されるつもりはない。

（首を斬られても噛みついてやるぜ！）

そう思ったときだった。〝髷斬り〟と秀次の間に割り込んできた者がいた。白粉のにおいのする男だ。

「狐の親分、私の喧嘩を横取りしないでちょうだいな」

喜十郎であった。両手を広げて、〝髷斬り〟の前に立ちはだかった。切支丹《キリシタン》の持つ十字架のような格好をしている。

芝居がかっているが、命を捨てているのは本当だった。喜十郎がいるせいで、〝髷斬り〟の刀は止まっている。

「下郎、邪魔をするな！　きさまは、あとで始末してやる！　そこを退け！」

〝髷斬り〟が苛立たしげに怒鳴った。空気がビリビリと震えるような大声だった。だが、喜十郎は従わない。秀次の前に身を投げ出すように立ったまま、戦国武者の怨霊に言い返したのだった。

「助けられっぱなしって、私、嫌なのよね」

†

（まともな生活を送れないのは、何もかも喜十郎のせいだ）

辰吉はそう思っている。実際、望んで一緒にいるわけではない。すべての始まりは、喜十郎から借金をしたことだった。そのまま手下になり、他の子分たちが逃げてしまった後でも、この男と一緒にいる。

喜十郎は気分屋だし、気色の悪い化粧をするし、性格も最悪だ。子分だというだけで、辰吉までもが役人に狙われている。捕まったら島送り――ことと次第によっては、縛り首や磔にされてしまうような気がする。

（くたばっちまわねえかね）

と思ったことも一度や二度ではなかった。借金を返せ、と脅し付けられた恨みも忘れてはいない。

その願いが叶いそうだった。目の前で喜十郎が殺されかかっている。何を考えたのか、秀次の危機に飛び出して行ったのだ。

「助けられっぱなしって、私、嫌なのよね」

そう言ったが、策があるようには見えなかった。仮に策があったとしても、〝髷斬り〟は本物の化け物だ。小細工が通用するわけがない。難なく喜十郎の首を斬り落とすだろう。

（おしめえだな）

喜十郎が死ねば、辰吉は自由になれる。役人に追われることもなくなる。

「……最高じゃねえか」

声に出して呟いた。心の底から、そう思った。

それなのに、気づいたときには駆け出していた。辰吉は走った。逃げ出したのではない。反対だ。

「その人に手を出すんじゃねえっ！」

怒声を上げた。今にも殺されそうな喜十郎を救うべく、〝髷斬り〟に向かって突進したのだった。

だが、辰吉は弱い。しかも、まっとうな人間のつもりでいるので、破落戸が懐に呑んでいるような匕首を持っていなかった。丸腰で凶状持ちに向かっていったのだ。

（正気じゃねえな）

無茶な真似をしているくせに、冷静なところがあった。誰がどう考えたって斬られる。でも退くことはできない。ここで喜十郎を見捨てたら、人間として終わりだと思ったのだった。

（まあ、死んじまっても終わりだがな。喜十郎のために死ぬとは、馬鹿馬鹿しい人生だったぜ）

そう思いながらも、気分は悪くなかった。何をやらせても半端な自分が、誰かのために死ぬのだ。こんなときなのに愉快だった。死に場所を見つけた気分だったのかもしれない。

男らしい死に方――ヘタレの辰吉でさえ、それに憧れていた。

しかし、〝髷斬り〟のそばには行けなかった。

「辰吉、待ちなさいっ！」

女の鋭い声に呼び止められた。誰の声なのか、すぐに分かった。物心ついたときから何度も聞いていた声だ。この声に、何度も何度も叱られている。

「……姉ちゃん」

足を止め、声のほうを見た。お里が横川沿いの道に立っていた。怖い顔で、こっちを見ている。

（どうして、ここにいるんだろう？）

とは思わなかった。

姉の夫は、下っ引きの熊五郎だ。親分の秀次がここにいるのだから、騒動が起こっていることを知っていても不思議はない。熊五郎は、女房に何でもしゃべる種類の夫だった。

しかし、辰吉は驚いていた。姉が現れるとは思っていなかった。お里は家庭的で、騒動に嘴《くち》を挟むような女ではない。しかも、腹には赤ん坊がいる。夜道を歩くことさえ憚《はばか》られる状態だ。夫に黙って出てきたのかもしれない。女房思いの熊五郎が、外出を許すとは思えなかった。

いずれにせよ、こんなところにいるべきではない。辰吉は、お里に言った。

「姉ちゃん、危ねえよ」

間の抜けた台詞だが、他に言葉が思い浮かばなかった。

お里は返事をするどころか、辰吉から視線を逸らした。そして、〝髷斬り〟に向き直った。

「乱暴はやめてください！」

なんと、言葉で説得しようとしている。戦国武者の怨霊相手に、説教をする口振りだった。

「女の出る幕ではない！　死にたくなければ、家でおとなしくしておれ！」

〝髷斬り〟が、不機嫌な声で言った。この男が生きていたころは、今よりもさらに女の立場は弱かったはずだ。女が男に意見するなど、噴飯物なのかもしれない。お里が無礼打ちにされてしまう。斬り殺されてしまう。

「ね、姉ちゃん――」

力ずくで退かせようと、辰吉がお里の袖を引いたときだ。もう一人の女が、口を挟んだ。

「おとなしくなんてしていられません」

廃神社の拝み屋の片割れの女――みやびが〝髷斬り〟を睨みつけたのだった。

†

みやびの父親は仕官こそしていなかったが、歴とした武士だった。侍であることを誇りに思っていた。貧乏で、町人と変わらぬ暮らしをしていたけれど、みやびは武士の娘として育てられた。

そんな父が、口癖のように言っていた言葉がある。

弱い者を守るのが、武士の役目だ。

みやびにも、剣術道場の門弟たちにも、そう言い聞かせていた。口先だけではなかった。いつだって父は弱い者を守ろうとした。例えば、横暴な役人から百姓を庇って斬られそうになったこともある。庶民相手に高利で金を貸す町奉行所の同心に文句を言いに行ったこともあった。だから役人には嫌われていたと思う。金勘定も苦手で、道場はいつも赤字だったようだ。

そんなふうに不器用で世渡りが下手だったが、みやびは父が好きだった。死んでしまった今でも、父のことが大好きだ。

武士の娘として、親の言いつけは守らなければならない。弱い者を守らなければならない。

言葉に違いはあるものの、江戸庶民の親たちは、「困っている者を助けろ」、「弱い者を守れ」と我が子に教える。貧しいからこそ、弱い存在だからこそ、助け合って生きていこうとしているのだ。

みやびは刀を使えず、九一郎のように術も使えない。〝髷斬り〟を止める力はない。それでも秀次が傷つき、お里が斬られそうになっているのを黙って見ていられなかった。

「わたしが、お相手します」

気づいたときには、そう言っていた。懐剣すら持っていないのに、戦国武者の怨霊に戦いを挑んだのだった。

「おぬしは馬鹿なのか……」

ニャンコ丸が呆れたように言ったけれど、その顔を見る余裕すらなかった。また、勇敢な気持ちになっていたわけではない。

怖かった。

とても怖かった。

きっと殺される。九一郎と会えないまま、ここで死ぬのだと思った。ガクガクと膝も震えたが、みやびは逃げなかった。武士の娘として戦うつもりだった。〝髷斬り〟の好きにはさせない。

†

（女というやつは、まったく）

〝髷斬り〟は、舌打ちした。みやびとやらに戦いを挑まれて閉口していた。女というものに呆れていた。

いつだって、男の戦いに口を出す。邪魔をする。綺麗事を言って困らせる。〝髷斬り〟の妻もそうだった。

思い出すのは、まだ人間だったころ——関ヶ原の合戦に向かう日のことだ。遠い昔のことなのに、妻との会話をおぼえていた。

関ヶ原に向かうべく家を出ようとしたときのことだ。妻が思い詰めた口振りで言ってきた。

「合戦に行かないでください」

この台詞には呆れた。冗談でも言ってはならない言葉だった。聞き流すことはできなかった。

「馬鹿を申すでない！　天下分け目の合戦に行かずして、徳川の武士を名乗れるか！」

徳川家の存亡がかかっている合戦だ。勝ったほうが天下人《てんかびと》となるのだ。行かずに済むはずがない。叱りつけるような口振りになっていただろうが、妻は料簡しなかった。

「名乗る必要はありませぬ！」

「何だと？」

「武士などやめてしまえばいいと申しているのです。徳川より、あなたの命のほうが大切です」

と言い募ったのだった。

まさか、そう言われるとは思っていなかった。武士の妻としてあるまじき発言だったが、これには理由があった。

「昔のように、一緒に田畑を耕して暮らしましょう」

妻は言ったが、それは言葉の綾ではない。徳川家の領土である三河《みかわ》では、百姓同然の暮らしをしていた。ろくに作物もできないような痩せた土地を、妻と二人で耕して生活していたのだ。三度の飯にも困るほど貧しかったが、今よりも妻と一緒にいる時間が長かった。

（あの暮らしに戻るのも悪くない）

そう思いはしたが、口には出さなかった。自分の名誉のために、関ヶ原に向かおうとしていたのではないのだ。

合戦から逃げれば、自分だけではなく妻も誅されるだろう。敵前逃亡は、妻の一族全員が罰せられるほどの大罪だった。侍と距離を置いている妻は、そのことを知らないのかもしれない。

言葉にできない思いは、他にもあった。

命を懸けて、おまえを守る。

夫婦になると決まったとき、妻に約束した。だから、戦いに行かなければならない。人を殺さなければならない。徳川の天下のためではなく、愛する妻のために刀を取るのだ。

そのことは、妻には言っていない。金輪際、言うつもりはなかった。知らなくてもいいことだし、この合戦で自分が命を落としたときに責任を感じて欲しくなかった。

戦で命を落とすのは珍しいことではない。その場合、たいていの女は再婚をした。徳川家の重臣が、然るべき相手を世話してくれる。自分が勇敢に戦えば、妻が生活に困ることはないだろう。

他の男に嫁ぐ妻を想像すると胸が痛んだが、その痛みは呑み込んだ。妻が幸せになれるのなら、胸が抉られるような痛みも我慢できる。

「男のやることに口を出すな」

突き放すように言って、関ヶ原に向かった。それが今生の別れになった。徳川は合戦に勝利し、天下を取ることができたが、男は死んでしまった。生きることに比べれば、死ぬのは簡単だった。記憶もはっきりと残っている。戦場には、いくつもの魂が浮かんでいた。蛍を見ているような光景だった。討ち死にしたばかりの魂が、次々と天に昇っていく。

その場に生者は誰もいない。争う者は誰もいない。そして、男もその霊魂の一つだった。

(呆気ないものだな……)

他人事のように思っただけで、死んでしまったことへの悔しさはなかった。自分を殺した侍への恨みもない。

それにもかかわらず他の霊魂たちのように成仏しなかったのは、あとに残した妻のことが心配だったからだ。その心配は的中した。妻の様子を見に行って、ますます成仏できなくなった。再婚すればいいものを、妻はその道を選ばなかった。周囲の説得を聞かず髪を落とし、尼になっていた。

「わしのことなど忘れてしまえっ！」

すぐそばで叫ぶように言った。何度も何度も妻に言い聞かせた。しかし、霊魂の声は生者には届かない。尼になろうと、妻には届かなかった。

それから、さらに時が流れた。人の一生は儚い。妻は、夫の冥福を祈りながら生涯を終えた。気づいたときには、この世から消えていた。

「死んでしまったのか……」

自分だって死んでいるくせに、妻の命が尽きたことがたまらなく悲しかった。胸に大きな穴が開いたような気がした。

すぐにでもあとを追いたかったが、自分は合戦で幾人もを殺している。善良だった妻と同じ場所――極楽に行けるとは思えなかった。きっと地獄に落ちるだろう。

（つまらぬことをした）

死者は、生者よりも正直だ。死んでまで自分に嘘をつかない。また、殺し合うことの馬鹿馬鹿しさも身をもって知った。蛍のように光りながら天に昇っていった死者たちの姿が、脳裏に焼きついていた。勇敢な者もそうでない者も死んでしまった。

(合戦になど行かなければよかった)

たった一つの命を大切にすればよかった。妻の言うとおりにしておけばよかったのだ。

また、こんなふうにも思った。

(意味のない合戦だった)

徳川は天下を取ることができたが、その結果、腐った世の中になっていた。武士は総じて軟弱になり、役人どもが袖の下を取っている。

弱い者を守るのが武士の務めなのに、女や子どもを虐げる者さえいる。上の人間が贅沢三昧の暮らしをしている一方、重い年貢に苦しみ、飢え死にする民さえいた。

「……許せぬ」

我慢ならなかった。こんな世の中を作るために死んだのではない。誰もが平和に暮らせる世の中を作るために戦ったのに、腐った人間ばかりが大威張りで生きているのだ。これでは、合戦で死んだ者たちが報われない。

偽物の武士に髷はいらぬ！

ちょんまげ、ちょうだいする！


〝髷斬り〟となり、天誅を加えた。侍である証を斬り落としてやった。面目が潰れて、少しは懲りただろう。

だが、それも終わりだ。終わりにすることにした。

身を投げ出して、他人を庇う者がいるのだから。弱い者を守ろうとする人間がいるのだから。

自分が考えていたよりも世の中は腐っていない。

(この時代も捨てたものではないようだな)

そう思ったときだった。


あなたのおかげで、平和な世の中になったんですよ。


それは、死んだ妻の声だった。

どこからともなく妻の声が聞こえてきたのだった。生きていたときと同じような、気の強い声で続ける。

あなたは、地獄なんかには落ちません。
早く、こっちにいらっしゃいな。
待ちくたびれちゃったじゃありませんか。

空耳だとは思わなかった。姿は見えないが、妻の視線を感じた。あの世で自分を待っているのだ。本当に地獄に落ちずに済むのかは分からぬけれど、妻がそう言うなら信じよう。

「……できた妻だ」

呟いたが、最初から分かっていたことだった。この世で至らない夫を支え、あの世でも待っていてくれる。

持っていた刀を放り投げ、〝髷斬り〟は、江戸の世の人間たちに言った。

「そなたたちの勝ちだ」

女には勝てない。それに、あの世で妻と暮らすのだから武器はいらない。刀のいらない場所に行くのだ。

みやびの耳にも、女の声は届いていた。

なぜか〝髷斬り〟の妻の声だと分かった。わざと、みやびにも聞こえるようにしゃべったのかもしれない。お里にも聞こえているようだった。それは、戦いを終わらせる声でもあった。

†

〝髷斬り〟が刀を放り投げて、みやびとお里に言った。

「そなたたちの勝ちだ」

その声は穏やかで、殺気はどこにもなかった。本当に終わったのだと分かった。

みやびは胸を撫で下ろし、そして、〝髷斬り〟に返事をしようとしたが、先に声を発したものどもがいた。

「またしても、この猫大人さまの勝ちのようだのう」

「うん。勝っちゃったね」

「カァー」

ニャンコ丸たちである。気配を消す勢いで静かにしていた妖たちが、しゃしゃってきた。〝髷斬り〟が刀を捨てたのを見て、もう安全だと思ったのだろう。何もしていないのに、全力で勝利宣言をしている。

(こいつらにこそ、天誅が必要だわ)

殴ってやろうかと思ったが、この連中のおかげで張りつめていた気持ちが楽になったのも事実だった。秀次や辰吉、喜十郎までもが苦笑いを浮かべている。

「さすが師匠。私の及ぶところじゃないわ」

「ふん。当然だのう」

ニャンコ丸は、呆れられていることに気づかない。喜十郎の言葉に気をよくして、いっそう勝ち誇った顔で〝髷斬り〟に話しかけた。

「おぬしが天誅を加えたいという気持ちはよく分かる。わしも我慢できぬときがあるからのう……。だが、どうして町に出てきた？　天誅を加えるべき役人どもは、江戸城にたくさんおるであろう」

もっともな質問であった。江戸城では賂《まいない》が横行し、醜い権力争いが繰り返されているという。町場で暮らしているみやびでさえ、そのことを知っていた。

「それとも、江戸城の腐敗ぶりを知らぬのか？」

「いや。よく知っている」

〝髷斬り〟が渋い声で答えた。苦々しく思っているようだ。しかし、江戸城で天誅を与えた形跡はない。

「将軍がいるから遠慮したのか？」

ニャンコ丸が重ねて問うと、〝髷斬り〟が子細ありげな口振りで返事をした。

「そうではない。近寄れなかったのだ」

「ん？　近寄れぬとは、どういう意味だ？」

「江戸城には化け物がいる」

「化け物？　妖のことか？」

増改築を繰り返してはいるが、江戸城は決して新しい建物ではない。家康公の時代から、ずっとあの場所に建っている。

それに加えて、大火事などで多くの死者が出ている。また、権力の中枢ということで怨念も渦巻いている。妖怪の類いがいても不思議はないだろう。

だが、妖ではなかった。〝髷斬り〟は低い声でこう続けた。

「妖のようでもあるが、あれは拝み屋だ。江戸城——いや、大奥に住み着いている」

「ふむ。陰陽師の類いか？」

「分からぬ。あのようなものを見たのは初めてだ。何しろ、その拝み屋は妖を駒のように操る。恐ろしい力の持ち主であったぞ」

「拝み屋？　妖を操る？　それはもしや……」

ニャンコ丸が言葉を途切らせ、みやびの胸は跳ね上がった。頭に浮かんだ姿があった。

（神名九一郎）

その名前を〝髷斬り〟にぶつけようとした。しかし、それより先に、秀次が口を挟んだ。

「そいつは二枚目かい？」

やはり九一郎を思い浮かべているようだ。質問する秀次の顔つきは険しいものになっていた。

「二枚目？　違うな」

〝髷斬り〟は、きっぱりと否定した。秀次は首を横に振られると思っていなかったようだ。その名前を口にした。

「違う？　九一郎さまじゃないのか」

「九一郎さま？」

「そういう名前の男前の拝み屋がいるんだ」

「名前は知らぬが、わしが見たのは男前ではないな」

〝髷斬り〟は首を横に振り、言葉を加えた。

「近寄ることができぬゆえ遠くから見ていただけだが、二枚目ではなかった。顔立ちが悪いという意味ではない。麗人だったのだ」

またしても予想外の返事だった。秀次が眉を顰めるようにしてさらに聞く。

「麗人ということは女か？」

「そうだ。凄腕の女拝み屋が、江戸城の奥に住み着いている。しかも、その女の額には、鬼の角があるという話だ」

人間ではない何かが、大奥にいるようだ。驚きだった。みやびは目を丸くし、秀次は息を吞んだ。

だが、ニャンコ丸は驚いていなかった。珍しく考え込むような顔で、独り言のように呟いた。

「現れたようだのう」

唐土の仙猫は、何かを知っていた。

第四話　大奥の拝み屋

「男子禁制の大奥に、〝鬼〟がいる」

そんな噂があった。その〝鬼〟は、女拝み屋でもあるという。人間離れした妖術を使う上に、額には角があるらしい。それは、鬼の角にしか見えなかった。だから、〝鬼〟と呼ばれている。

江戸城の奥に鬼がいるなど、あってはならないことだ。騒ぎになってもいいところだし、本当に〝鬼〟がいるなら討伐すべきだが、調べるのは容易ではなかった。場所が悪すぎた。

大奥には、将軍の正室や側室だけでなく、女中も住んでいる。正確な人数は不明だが、一説には三千人を超える女たちが暮らしていると言われていた。

それだけの人数が暮らしている大奥は広く、増改築を繰り返していることもあって、使われていない部屋も多い。

また、男たちが噂を真に受けていないということもあった。

「鬼などいるはずがない。妖術を使う女拝み屋だと？　ふん。馬鹿馬鹿しい」

表の役人たちは、女の戯言《たわごと》と考えていたようだ。確かに大奥では、馬鹿馬鹿しい怪談がよく流行る。

だが、女拝み屋は実在していた。大奥にいた。「開かずの間」と呼ばれる一つで暮らしていた。

この時代の女は縁起を担ぐもので、死者が立て続けに出ると、

「縁起が悪い」

と開かずの部屋になることがあった。そんなふうに誰も使わない不吉な部屋をあてがわれたのだ。

その部屋では、一昨年から今年の初めにかけて八人もの女中が死んでいた。獣に咬まれたような痕があったという噂もあるが、本当かどうかは分からない。長く暗い廊下を渡った先にあった。

この廊下についても、真偽の分からない怪談もある。それは、ここに鬼が現れて、何人もの女中を食らったという話だ。

「人喰い鬼などいてたまるか」

と表の役人たちは吐き捨て、これについても相手にしなかった。

女中たちは寄りつかなくなった。しかし、誰一人として廊下を歩かないわけでは

ない。

女拝み屋がここで暮らすことになったとき、小女を一人付けられた。十四《じゅうし》という名前の娘だった。

「十四人きょうだいの末だそうだ。大奥に売られた。親とも縁が切れている。好きなように使うがいい」

そう言って、女拝み屋に小女十四をあてがった人間がいた。

女ばかりが住む大奥では、雑用や力仕事も女がやらなければならない。身分のある家や裕福な町人の娘に、そのようなことができるはずもなく、

「御半下」

もしくは、

「御末」

と呼ばれる女中がいる。奴隷同然に扱き使われることも多く、売られて大奥に来る者もあった。

十四もそんな一人だ。痩せこけた冴えない娘だった。まだ十四歳にもなっていないが、大奥の他に行く場所がないようだった。

「用があるときは呼ぶ。それ以外は、姿を見せるな」

女拝み屋はそう命じてあった。そして、一度も十四を呼んだことがなかった。廊下の先にある粗末な部屋を与え、そこで寝泊まりさせている。呼んでもいないのに顔を見せたときには、叱り飛ばした。

「その顔を見せるな！」

「も……申し訳ありません」

謝る十四に物を投げつけたこともある。恨まれていることだろう。もう何日も、十四の姿を見ていない。

女拝み屋の額に角があることを広めたのは、この十四かもしれないが、どうでもよかった。

†

その日、真夜中にその女が、女拝み屋の部屋にやって来た。廊下を歩く足音は聞こえなかった。

「達者にしていたか」

そう言いながら、女拝み屋の部屋の襖を開けた。乱暴ではないが、遠慮のない開け方だった。

女拝み屋は返事をしない。達者でなかろうと——死にかけていようと、その者が気にしないことを知っているからだ。

目の前に現れた女は、この世のすべての人間を手下だと思っている。実際、それくらいの権力を持っていた。


松島局《まつしまのつぼね》。


将軍の乳母であり、大奥の御年寄《おとしより》筆頭であった。その役職は、表の大老に匹敵する。事実上の大奥の支配者だった。松島局は、かつての春日局《かすがのつぼね》をしのぐ権勢を誇っている。

そのくせ、いつ生まれたかも、どこからやって来たのかも明らかにされていない。親の名前さえ不明だった。身元のしっかりした者を好む大奥にあって、異質な存在だった。

年齢不詳で、人ではないという噂さえある。将軍の乳母を務めたのだから、どう少なく見積もっても四十歳を超えているはずだが、いまだに二十歳そこその容姿をしている。女拝み屋と変わらぬ年ごろに見えた。作り物のように美しい顔をしているのも、女拝み屋に似ている。そう、松島局は美しかった。

「返事もせぬとは、相変わらずよのう」

松島局がため息交じりに言ったが、気にしている口振りではない。唇には笑みが浮かんでいる。上機嫌だった。女拝み屋の部屋を訪ねて来るときは、いつでも上機嫌だ。

この大奥では、身分のある者は他人の部屋を訪ねたりしない。用があれば、呼びつける。どうしても行かなければならないときでも、供を連れるのが普通だった。ぞろぞろと供の者を引き連れて歩く大奥女中は多い。

だが、松島局は一人きりでやって来た。十四に取り次ぎも頼まず、ずかずかと部屋に入ってきた。そして、勝手に話を始める。

「頼みがあって来た」

その言葉にも、女拝み屋は返事をしなかった。〝頼み〟ではない。松島局の口にする言葉は、すべて〝命令〟なのだ。大奥の枠外にいる女拝み屋でさえ拒むことはできない。

それに。

聞きたいか？　ならば、妾《わらわ》に従うがいい。そなたが何者か教えてやろうぞ。

いつか言われた言葉を忘れてはいなかった。

「そなたに働いてもらうことになった」

松島局の笑みが大きくなった。そんな大輪の花のような笑顔を見せながら、一枚の紙を畳に落とした。

これも、いつものことだった。視線を向けると、大奥女中の名前が書いてあった。

――お竹《たけ》。

女拝み屋は、その名前を知っていた。自分だけではなく、この大奥で暮らす誰もが知っている。

「お竹の方さま」

と呼ばれる将軍お気に入りの女中だ。何度か見たことがあったが、可憐な花のような女だった。

大奥は将軍のためにのみ存在する。将軍の気に入られれば、大奥で強い権力を手にできる。表の政治に口を出すこともできるし、もちろん、この松島局に取って代わることも難しくない。

「若い芽を摘むのも、そなたの仕事ぞ」

松島局は言ったが、お竹はまだ十八にもならぬ小娘だ。商家の生まれなので、権力を握るために必要な後ろ盾も弱い。また、大奥で権力を持とうとしているようにも見えなかった。

――そなたの権威を脅かすほどではなかろう。

そう言ってやることもできるだろうに、女拝み屋は黙っている。松島局とて、そのくらいのことは承知しているはずだ。この女は何もかも分かった上で、ここにやって来たのだ。

「食らってもよいぞ」

将軍の乳母は言った。

女拝み屋は、唇に笑みを浮かべた。ふと笑みがこぼれたのだ。〝鬼〟は人間を食らうものだ。食らっていいと言われれば、自然と笑みが浮かぶ。

その笑みを満足そうに見ながら、松島局は命じた。

「お竹を大奥から消し去るのじゃ」

若い女中を疎ましく思っているのだろうが、それ以上に、女拝み屋に餌を与えたつもりなのかもしれない。飼い猫に生きた鼠を与えるように、ときどき女中を殺させる。

そのことについて意見はない。ありがたいとも思わなければ、ひどいことをさせると憤りもしない。そんな感情はなかった。ただ女拝み屋は、いつものように言葉少なに返事をした。

「今夜中には」

仕事を引き受けたのだった。これで、お竹の運命は決まった。

「頼んだぞ」

松島局は満足そうに言った。

女拝み屋は、畳に向かって小さく息を吐いた。

「ふう」

吐息は炎となり、お竹の名前が書いてある紙を燃やした。畳を焦がすことなく、紙は燃え上がり、やがて消えた。

あとには灰さえも残らなかった。

†

松島局が帰って行き、夜がさらに更けた。

女拝み屋の暮らす部屋の周囲には、誰もいない。もっとも近くにいるであろう小女の十四も、離れた部屋にいる。

女拝み屋は行灯も灯さず、窓を開けて夜風を部屋に入れている。そろそろ夏になるというのに、虫の音も聞こえなかった。不吉な場所には、虫さえ近づかないのかもしれない。この世のすべての生き物が、女拝み屋を恐れているようだった。

「一人で十分だ……」

誰に言うわけでもなく呟き、それから、真夜中の静寂に沈むような声で真言を唱え始めた。

オン・アボキャ・ベイロシャノウ
マカボダラ・マニハンドマ
ジンバラ・ハラバリタヤ・ウン

それは、光明真言だった。たくさんのことを忘れてしまったくせに、女拝み屋は真言を唱えることができた。

これを誦すると、仏の光明を得てもろもろの罪報を免れると言われている。庶民でも、これを唱える者は多い。大奥でも、朝に晩に唱える女中がいる。松島局も唱えていた。

だが、女拝み屋は信心から唱えているわけではない。ただの真言ではなかった。〝呪《じゅ》〟が含まれている。これを唱えることで、邪悪な妖を呼び出すことができた。

オン・アボキャ・ベイロシャノウ
マカボダラ・マニハンドマ
ジンバラ・ハラバリタヤ・ウン

繰り返し唱えると、部屋の天井が波打ち始めた。堅い木で造られているはずの天井に水紋にも似た波が立った。

部屋の温度が一気に下がった。吐く息が白くなったが女拝み屋は構わず、さらに九字の呪を唱えた。

臨・兵・闘・者・皆・陣・列・在・前

護身の秘呪として用いる九個の文字だ。

これを唱えながら、指で空中に縦四線、横五線を書けば、どんな強敵も恐れるに足りないと言われている。

もとは道教に由来するものであるが、陰陽師や修験者《しゅげんじゃ》などもこの呪文を用いる。

女拝み屋は九字を切り、両手を打ち鳴らした。

「ぱんッ！」

と、玻璃《はり》が割れるような音が響いた。その音は澄んでいて、地の果てまで通っていくようだった。

女拝み屋の動きが止まった。真言も九字の呪も唱えない。

「…………」

一寸の静寂の後、天井の水紋が大きくなり、音もなく妖が落ちてきた。まるで生まれ落ちたかのような現れ方だった。

その妖は、女拝み屋の目の前に着地し、すぐさま畳に片膝を突いた。頭《こうべ》を垂れて言葉を発する。

「お呼びでしょうか」

盗人のような黒装束を身につけ、額に白い鉢巻きをした少年だった。髪は黒くて長いが、背丈は低く、十五、六にしか見えない。そのくせ話し方は大人びていて、生意気そうな顔をしている。

この少年は、土蜘蛛の土影《つちかげ》だ。鳥山石燕《とりやませきえん》の『今昔画図続百鬼』では蜘蛛の姿をした妖怪として描かれているが、その正体は大和朝廷に異族視された種族であるという。

また、『常陸国風土記』では「狼の性、梟の情」を持つとされている。いわば札付きの悪妖怪であり、その気になれば江戸を壊滅に追い込むこともできるだろう。邪悪で強い妖力を持っていた。

この土影は、かつて九一郎に使われていた。それが今では、女拝み屋の走狗となっている。

九一郎を相手にしていたときと違い、生意気な口も叩かない。女拝み屋に服従する従順な僕《しもべ》だ。

「お竹をさらってこい」

「御意」

土影が短く答えて、天井の水紋に戻っていった。女拝み屋の口もとには、冷たい笑みが残っている。

面倒な男——神名九一郎をこの世から消したときも、こんな笑みを浮かべていたはずだ。

†

お竹が、大奥から姿を消した。

それが分かったのは夜明けのことだった。朝の挨拶に行った下仕えの女中が、部屋がもぬけの殻になっていることに気づいたのだ。

着物などの持ち物は残したままで、何一つなくなっていなかった。煙のように消えてしまったのだった。

将軍お気に入りの側室であっただけに、大奥だけでなく江戸城を巻き込んでの大騒ぎとなった。お竹を心配するあまり、将軍は、巷で評判の火付盗賊改の長谷川平蔵まで呼ぼうとしたという。

だが、役人にも縄張りがある。殊に江戸城の役人たちは、一時的にでも警察権を譲るのを嫌った。長谷川平蔵が手柄を立てたなら、面子は丸潰れになる。結局、お竹の捜査は江戸城の役人に委ねられた。

江戸城の役人と言っても、権力は大奥には及ばない。ましてや男子禁制の大奥を調べるわけにもいかず、何人かの女中に事情を聴いただけだった。お竹の行方を知る女中はいなかった。

ただ、雲をつかむような返事をした者もいた。例えば御年寄筆頭の松島局だ。大奥の権力者は、表の役人に問われてこう返事をしている。

「鬼に食われたのであろう」

大奥女中とはいえ、この受け答えは許されるものではないが、将軍の乳母に物を言える役人はいなかった。その代わり、質問をした。

「お竹を邪魔に思っていた人間はいますか？」

自分の意思でいなくなったのではなく、誰かに連れ去られたと考えたのだ。もしくは殺されて御不浄（トイレ）に捨てられたか。女中によっては、井戸よりも深い廁を住居に持っていた。

「他人の考えていることは知らぬが、一番邪魔に思っていたのは妾《わらわ》であろうな」

松島局は言った。自白とも思える返事をした。当然のように松島局は疑われた。将軍でさえ、疑いの眼差しを向けたという。

しかし証拠が何も残っていなかった。松島局が犯人だとしても、お竹を消した方法が分からなかったのだ。

将軍から大奥に入る許可を得て、お竹の部屋を調べては見たが、争いがあった形跡はなかった。

「妾の部屋を調べてもよいぞ」

松島局が言い出したので、こちらも調べたが、何も出て来なかった。どんなに調べてもお竹の行方は知れないままだった。

やがて捜査は打ち切りになった。お気に入りの女中がいなくなり、将軍は落ち込んだ。御年寄筆頭として松島局は、将軍に声をかけた。

「女など、いくらでもおりましょう」

その言葉は真理だった。

新しい女をあてがうと、将軍はお竹のことを忘れた。こうして行方不明事件は忘れ去られた。

用を言いつけると、松島局は顔も見せなくなる。その後のことを聞かれることもない。いつものことだ。

「使い勝手のいい道具だと思っているのだろうな」

女拝み屋は呟いた。けれど、松島局に文句はなかった。利用しているのは、お互い様だからだ。

「似たもの同士というやつか」

珍しく独り言が多かった。また、土影を使ったからだろう。女拝み屋は、九一郎のことを思い浮かべていた。その話の多くは、松島局から聞いたことだった。

九一郎は、〝鬼〟をさがそうと妖どもを使役したという。自分やみやびの家族を食らった〝鬼〟を見つけようとしたのだ。

「馬鹿げたことをしたものよ」

誰もいない部屋で、女拝み屋は嗤った。滑稽だった。九一郎の間抜けさを思うと、笑いが止まらなくなりそうだ。

†

「妖たちを使役して〝鬼〟をさがし出し、自分の手で退治するつもりだったのだろうな」

敵《かたき》を討つつもりだったのは明らかだ。おのれの血の因縁に決着をつけようとしたのだ。

だが、もう九一郎はいない。女拝み屋がこの世から消してしまった。そして、あの男が使役していた妖たちも、もらった。土影を筆頭とする妖たちが、女拝み屋の意のままに動く――。

笑い声が大きかったようだ。廊下から声をかけられた。

「……さま、大丈夫でございますか？」

十四が、女拝み屋の名を呼んだ。松島局が、この小女にだけは名前を教えてしまった。その名前で呼ぶように命じたようだ。

「……さま！　……さま！」

小女は何度も名前を呼ぶ。だが襖を開けようとはしない。勝手に開けるな、と命じてあるからだ。

襖の向こう側から呼ぶ声が、癇に障った。その名前で呼ばれたくなかった。頭がひどく痛くなる。

「うるさい！　しゃべるな！　黙っていろ！　ここに近づくな！　自分の部屋に戻れ！」

　叱りつけると、静かになった。最初から興味などないのだろう。頭痛で苦しんでいたときにも水を持ってきてくれたことがあったが、女拝み屋はそれを払いのけている。同情されたくなかった。

「人間ごときが話しかけてくるでない」

　誰にも届かない声で呟き、ふと窓辺に置いてある鏡を見た。大きな丸い鏡が、不吉な暗い光を放っていた。大奥の開かずの部屋に置かれていたものを、女拝み屋がもらい受けた。

　そして、これはただの鏡ではない。雲外鏡《うんがいきょう》だ。百年を経た鏡が妖怪と化した付喪神で、

「照魔鏡」

　と、呼ばれることもある。

　照魔鏡とは、〝魔〟の正体を明らかにする鏡のことだ。本来は別のものらしいが、雲外鏡と照魔鏡の区別は難しい。鳥山石燕が『画図百器徒然袋』で混同して描いたのも頷けた。ほとんど同じものとして扱われている。女拝み屋も違いを気にしてい

なかった。

だが、人間に個人差があるように、妖も個体によって違う。この雲外鏡は、〝魔〟だけではなく、この世のいろいろなものを映し出す。

「映し出せ」

女拝み屋が命じると、男とも女とも言えない声が返事をした。

「御意」

雲外鏡の声だ。機械がしゃべったようにも聞こえる。妖たちは余計なことをしゃべらず、女拝み屋に逆らうこともない。皆まで言わずとも、女拝み屋が何を望んでいるかを察知する。

このときも、映し出すものまでの指示を出していないのに、雲外鏡は聞き返してこなかった。

「どうぞ、ご覧ください」

その言葉と同時に、暗い光を放っていた鏡が眩いばかりに白く光った。そして若い男女の姿を映し出した。二人は、旅支度をして江戸を離れていく。女のほうは、お竹であった。死んでいなかった。数日前、女拝み屋自身の手で、この大奥から逃がしてやった。

雲外鏡は、過去も映し出すことができる。女拝み屋は、お竹の身に起こったことを知っていた。大奥にやって来るまでの人生を見ていた。

女拝み屋はそれを思い出し、吐き捨てるように呟いた。

「下らぬ……」

お竹は無理やりに大奥に入れられた女だった。望んで女中になったわけではなかった。

もとは日本橋《にほんばし》の履物屋の娘だった。美しいと評判だったけれど、野心はなく大奥に上がるなど考えたこともなかった。普通の娘としての幸せを願って暮らしていた。娘の両親も同じ考えだった。

しかし、その願いは踏みにじられた。店の前を通りかかった大名がお竹の美貌に目を留めて、献上よろしく大奥に上げようとしたのだ。

「ご勘弁くださいっ！」

娘の父は土下座して許しを請うた。

「大奥に上がるのを『ご勘弁』とはどういう意味だ？　よもや、上様に仕えるのを苦役のように考えておるのか？」

そう言われては、言葉を返すことができなかった。町人は、武士の言うことには逆らえない。ましてや、武士も出入りする日本橋の商家のことだ。拒めば、何をされるか分かったものではなかった。

身代を捨てることも考えたようだが、一介の商人が徳川家に逆らって生きていくのは難しい。また、娘には結婚したばかりの兄がいた。その兄の嫁の腹には、赤ん坊がいたのだった。

「お竹、すまん」

父親に土下座されて、女中奉公することになった。大奥に献上されてしまったのであった。

大奥に上がった女中すべてに将軍の手が付くわけではない。ただの行儀見習いとして奉公して帰っていく女が大半だった。お竹も、そのつもりだった。何事もないことを望んでいた。

だが、希望は失望へと変わった。お竹の美貌は大奥でも目立ち、とうとう将軍の目についてしまった。お手付きとなり、将軍の側室となった。そうなると、以前の暮らしに戻ることは難しい。大奥から出ていくことができなくなってしまったのだ。

大奥では贅沢ができる。将軍の側室となれば、その地位は高かった。そうなることを望む女もいるが、お竹は違う。将来を誓い合った男がいたのだ。そして、その男は、お竹が大奥に上がった後も待っていた。親に命じられた縁談を断り、お竹の帰りをずっと待っている。

「つまらぬ話だ」

女拝み屋は吐き捨てた。過酷な運命に流されていく男女を哀れとも思わなかった。しかし、あの日……。

「連れて参りました」

土影は、お竹と男をさらってきた。女拝み屋は部屋にいた。鬼の角を隠すこともしない。その女拝み屋の角を見て、殺されると思ったのだろう。二人は恐怖に震えていた。

だが、女拝み屋は触れもしなかった。命を奪う代わりに、金子を投げ与えた。十年は暮らせるだろう大金をくれてやったのだった。

「これを持って、どこへなりとも行ってしまえ」

お竹と男にそう言って、控えている土影に命じた。

「江戸の外に連れていけ。誰にも見つからぬようにしろ」

「御意」

そこまで話を聞いて、お竹と男は、女拝み屋が自分たちを逃がそうとしていることとに気づいたようだ。両手と両膝を突き、額を畳にこすりつけた。

「ありがとうございます！」

「このご恩、絶対に忘れません！」

震えながら礼を言った。その顔を見ると、無様に涙ぐんでいた。女拝み屋が情けをかけたと思ったのだろう。

「芝居がかった真似をするな。虫唾《むしず》が走る。わたしの気が変わらぬうちに、さっさと行け」

追い払うように言ったが、気が変わらないことは自分が一番よく知っていた。お竹を食らうつもりはない。情けをかけたわけではない。この女には、食指が動かなかっただけだ。

鬼は、人間を食らう。女拝み屋も食らったことがある。だが、誰でもいいということはない。一人の女の顔が思い浮かんだ。

その瞬間、頭が割れるように痛んだ。角のあたりが熱を持っている。

（妖熱）

そんな言葉が頭に思い浮かび、いくつかの記憶の破片が脳裏に見えたが、それを振り払うように配下の妖を急かした。

「土影、早く行け」

「御意」

その瞬間、土影が消えた。その代わりのように小さな竜巻が起こり、それに呑み込まれるようにお竹たちの姿が消えた。

静寂に包まれたが、それは短い間のことだった。どれほども経たないうちに、土影が天井から落ちてきた。感情のない声で報告をした。

「目の届かない場所に置いてきました」

女拝み屋は返事をしなかった。自分で呼んだのにもかかわらず、この妖のことが好きではなかった。それは、九一郎のお気に入りだったからなのかもしれない。

(お気に入り？　なぜ、わたしはそんなことを知っている？)

九一郎の過去を雲外鏡で見た記憶はなかった。さっき浮かんだ昔の記憶の破片なのかもしれない。

いつの間にか土影の姿は消え、雲外鏡の中では、お竹と男が手に手を取って歩いている。土蜘蛛に運ばれていった数刻後の二人の姿だ。どんな手を使ったのか、服装まで変わっていた。

お竹は町娘の姿をしていて、幸せそうに笑っていた。大奥で権力者になるより、好きな男と苦労することを選んだのだ。死ぬまで日陰の身であることを分かっているだろうに微笑んでいる。

「下らぬ女だ」

女拝み屋は、ふたたび感情のない声で言った。そのくせ、雲外鏡から視線を外せなかった。しばらく、そのまま鏡を見ていた。

「もうよい」

やがて呟くと、お竹と男の姿が雲外鏡から消えた。もう二度と、この二人を目にすることはあるまい。

「かしこまりました」

雲外鏡は答えたが、映し出すことが終わったのではなかった。女拝み屋が何を望んでいるか、鏡は知っていた。他に見たいものがあるのだ。

「こちらをご覧ください」

一瞬、鏡が暗くなり、すぐに明るくなった。画面が切り替わり、月明かりに照らされている横川沿いの道が現れた。


わたしが、お相手します。

最初に聞こえたのは、女の声だった。そして、早乙女みやびが、映し出された。夜なのに、はっきりと見えた。

みやびは、戦国武者の怨霊の前に立ちはだかっていた。丸腰で刀を持った怨霊に相対している。

命知らずな真似だが、相手がよかった。〝髷斬り〟と呼ばれる男は、悪霊ではなかったのだ。俠気のある怨霊だった。

あの世には、〝髷斬り〟の妻がいた。現世で彷徨い続ける夫に話しかけると、呆気なく勝負は終わった。

〝髷斬り〟は刀を捨て、負けを認めたのだった。髷を斬るだけで、誰一人殺していない時点で、こうなることは予測できた。

そんな怨霊に、ニャンコ丸が質問を始めた。

どうして町に出てきた？　天誅を加えるべき役人どもは、江戸城にたくさんおるであろう。

女拝み屋は顔を顰めた。

この仙猫は厄介だ。知能も高く、戦闘力も高い。並外れた妖力、いや神通力も持っている。間抜けを装ってはいるが、この質問も意図があってのことだろう。

そして、その予感は的中した。ニャンコ丸に誘導されるがままに、〝髷斬り〟が女拝み屋のことを話し始めた。


「妖のようでもあるが、あれは拝み屋だ。江戸城——いや、大奥に住み着いている」

「ふむ。陰陽師の類いか？」

「分からぬ。あのようなものを見たのは初めてだ。何しろ、その拝み屋は妖を駒のように操る。恐ろしい力の持ち主であったぞ」

「拝み屋？　妖を操る？　それはもしや……」


やはりニャンコ丸は、ここに女拝み屋がいることを知っていた。さらに、みやびに知られてしまった。いずれ、この大奥にやって来るだろう。

先手を打って土影らを使役することも可能だが、みやびには、ニャンコ丸とぽん太という厄介な護衛がいる。もちろん隙を突けば殺すことはできる。しかし、そのつもりはなかった。

「食らってくれるわ」

女拝み屋は冷たい声で言った。お竹ではなく、このみやびを食らいたかった。この女を見るだけで、鬼の血が騒ぐ。

人間だったころの記憶の多くを失ってしまったが、鬼の本能がいろいろなことを教えてくれる。松島局から聞きもした。

早乙女無刀流

ふざけた名前をつけているが、早乙女家の祖先は鬼を斬る剣士だった。徳川家に仕えていたこともある。何百、何千もの鬼たちが殺されている。

早乙女家には、鬼を殺す血が流れている。女拝み屋に仇なす家だ。根絶やしにしなければならない。

すでに手は打った。早乙女家を皆殺しにしたつもりだった。しかし、十分ではなかった。

「娘がいたとは……」

女拝み屋は、おのれの唇を嚙んだ。みやびの父親と母親を殺したとき、気がつかなかった。道場を焼き払うまでしておいて、娘を見逃してしまった。

（いや、見逃したのではない）

今では、そう確信している。雲外鏡には、ニャンコ丸が映っている。こっちを見ていた。

「わたしが見ていることに気づいておるな」

雲外鏡を通して伝わってきた。ニャンコ丸の視線の意味は簡単に分かる。聞かなくとも分かった。

「宣戦布告か……」

鬼が妖を従えるように、鬼斬りは仙猫を味方にする。早乙女道場を皆殺しにしようとしたときも、ニャンコ丸がみやびを逃がしたのかもしれない。

「どこまでも厄介な……」

と呟いたとき、頭がズキンと痛んだ。自分が誰であるかも吹き飛んでしまいそうな痛みだった。大奥に来る前——松島局に拾われたときも、この頭痛に苦しめられていた。

そなたは〝鬼〟じゃ。

人間だったころの記憶の多くを失い、鬼の本能がよみがえった。

松島局の言葉が、頭の中を駆け巡り、頭の痛みがひどくなった。角の生えた額が割れそうだ。

女拝み屋は、額を押さえてうずくまる。顔を上げていられぬほど痛かった。呻き声を上げてしまったのかもしれない。廊下から十四が声をかけてきた。

「……さま」

まだ起きていたのか。

「うるさい！　声を出すな！」

怒鳴りつけると、静かになった。役目で仕方なく声をかけてきただけで、本当は、女拝み屋のことを気味悪く思っているだろう。

「わたしに近づくな……。声をかけてくるな……」

誰にも届きそうにない小さな声で言った。その願いは叶った。誰もこの部屋には入って来ない。妖どもも自分には声をかけて来ない。雲外鏡でさえ、ただの鏡に戻ってしまった。

自分の周囲には、誰もいない。望んだことなのに、気に入らなかった。自分にも、賑やかな世界があったように思える。

「何もおぼえていないくせに滑稽な……」

おのれを嘲笑っても、頭の痛みは消えない。じっとしているのが辛かった。一人きりで部屋にいることに耐えられなかった。

女拝み屋はヨロヨロと立ち上がり、建物の外に出た。真夜中すぎのことで、大奥の外には誰もいない。

強い風が吹き、土砂降りの雨が降っていた。春の終わり――もしくは、夏の始まりを告げる嵐が来ているようだ。

その嵐をまともに浴びて白粉が落ち、そして紅が剝がれた。雨に打たれて、男の顔が露わになった。

女拝み屋は、化粧で女に化けていたのだった。大奥で暮らすために、松島局に命じられて化粧をしていたのだ。

「そなたの顔は目立つ。正体を隠しておいたほうがよかろう」

そんな言葉も言われた。松島局は、彼の正体を知っていた。

「神名九一郎という名前は捨てよ」

とも命じられた。

女拝み屋の正体は、姿を消した九一郎だった。十四だけが、その名前で――「九一郎さま」と自分を呼ぶ。

九一郎が自分の家族を殺し、みやびの両親も殺した。そして、今度はみやびを殺そうとしているのだろうか。

「分からぬ……。何も分からぬ……」

呟いた声は、誰にも届かない。土砂降りの雨が、九一郎を打ち続ける。傘を差し出してくれる者は、ここには誰もいない。

九一郎は、独りぼっちで雨に濡れていた。

本書は書き下ろしです。

うちのにゃんこは妖怪です
猫又とろくろっ首の恋

高橋由太

2022年5月5日　第1刷発行

発行者　千葉 均
発行所　株式会社ポプラ社
〒102-8519　東京都千代田区麹町4-2-6
ホームページ　www.poplar.co.jp
フォーマットデザイン　bookwall
組版・校正　株式会社鷗来堂
印刷・製本　中央精版印刷株式会社

N.D.C.913/284p/15cm　ISBN978-4-591-17389-3

P8101448

ポプラ文庫好評既刊

うちのにゃんこは妖怪です
あやかし拝み屋と江戸の鬼

高橋由太

ある日、火事で家を失った十七歳のみやびは、飼い猫（自称・仙猫）のニャンコ丸とともに、深川のはずれにある廃神社へ向かっていた。その途中、白狐の面をかぶった怪しい人物に襲われる。すんでのところで浪人姿の美麗な男に助けられた。男は名を神名九一郎といい、廃神社を根城にする拝み屋だという……。

うちのにゃんこは妖怪です
つくもがみと江戸の医者

高橋由太

深川のはずれにある廃神社には、今日も妖怪がらみの悩み事が持ち込まれる！　丑三つ時の長屋で子供だけに聞こえる音楽、つぶれかけの店に現れた豆腐小僧、行方不明になった河童の捜索……。愉快な妖怪たちと、天然娘みやび、ワケアリの拝み屋・九一郎が事件に挑む。江戸人情あやかし事件帖、第二弾。